KB039690

쓸모
없는

하소연

쓸모
없는

하소연

초판 1쇄 발행 2017년 4월 27일
초판 3쇄 발행 2021년 6월 10일

지은이 김민준
그림 양은지
편집인 하소연
디자인 그별
펴낸이 남기성

펴낸곳 도서출판 쿵(프로젝트A)
인쇄,제작 데이터링크
출판사등록 신고번호 제 2016—000310호
주소 서울 특별시 마포구 월드컵북로 400 2층 20호 P—2
대표전화 (070) 7555—9653
이메일 sung0278@naver.com

ISBN 979-11-959495-8-8 02800

이 도서의 국립중앙도서관 출판예정도서목록(CIP)은 서지정보유통지원시스템 홈페이지
(http://seoji.nl.go.kr)와 국가자료공동목록시스템(http://www.nl.go.kr/kolisnet)에
서 이용하실 수 있습니다.(CIP제어번호: CIP2017009262)

쓸모
없는

하소연

김민준 지음

자화
상

나의 유일한 친구, 그녀의 이름은 하소연이었다. 그녀는 늘, 나를 바라보며 버릇처럼 말하곤 했다.

"정말이지 나는 참 쓸모없어."

내게는 목소리가 없기 때문에 어떻게든 그것에 차분히 마음을 기울이는 것이 전부였으나 그렇게 대답도 없는 식물에게 한바탕 속마음을 쏟아내고 나면 하소연은 한결 평온한 표정을 드리우곤 했다. 그녀는 때때로 햇살이 무르익는 정오의 창가 앞에서 알 수 없는 표정으로 사색에 잠기기도 했는데, 그때마다 나는 이따금씩 불어오는 바람결에 향기를 담아 흘려보내곤 했다. 그러면 곧이어 그녀가 웃는다. 그 미묘한 차이를 알아주는 것은 오직 그녀뿐이었다. 나는 그 쓸모없는 하소연 앞에서 한낱 푸르른 벙어리일 뿐이었으나, 그 사람이 지닌 고독의 분량만큼 무럭무럭 자라날 수 있었다.

나는 시시각각 궁금해 했다. 같은 종류의 식물과 달리 나는 왜 꽃을 피우지 못하는 것인지. 꽃피지 못한 식물은 왜 존재하는 것인지. 그러나 하소연의 기척을 느낄 때면 나는 기분이 묘해진다. 가끔은 수백 수천 마디의 소란한 고백보다 찰나의 눈빛이 더 깊이 사무칠 때가 있다. 정오의 창가 앞에서 물끄러미 서로를 바라보는 그녀와 나, 둘의 마음이 스치듯 마주 닿으면 우리는 그 순간에 보란 듯이 존재해 있는 것이다. 어린 식물과 한 명의 인간은 시간 앞에 한낱 티끌에 불과하여 언젠가는 시들어 가고 말 것이다. 그렇다 할 지라도 분명 믿음은 단출하게, 마음은 투명하게, 표현은 진솔하게, 한 시대를 전부 풍미할 순 없을 지라도 결단코 지금 이 순간을 홀연히 흘려보낼 수는 없지 않은가.

식물에게 봄이란, 그리고 인간에게 청춘이란 한낱 흘러간 옛이야기 따위가 아닌 것이다. 나는 씨앗을 벗어난 이후로 한 번도 꽃피우지 못했다. 그런 내가 한 명의 인간에게 묘한 감정을 느끼는 것은 다소 지나친 꿈일지도 모른다. 꽃을 피우지 못한다는 것은 무척이나 안타까운 사실이나, 그것은 인간들에게도 해당되는 이야기다. 많은 이가 피지 못해 그저 시들어갈 뿐, 그리하여 어떤 날은 단 한 번의 목소리가 허락된다면 나의 한 마디가 그녀에게 닿을 수 있다면 나 같은 건 영영 피지 않고 져 버려도 좋다고 생각했다.

"네가 털어놓는 외로움은 천사의 노랫말 같아. 그 음표 하나, 하나에 스며들며 나는 있는 그대로의 너를 생각할 뿐이야. 너

6

는 의심의 여지가 없이 참 좋은 사람이야."

이것은 그녀와 나에 대한 이야기다. 별안간 밤마다 울음을 터뜨리며 하소연을 털어놓는 한 여자아이와 그 마음을 탐닉하는 아직 꽃 피지 못한 어린 *아글라오네마 식물에 관한 이야기.

*아글라오네마—외떡잎식물 천남성목 천남성과의 한 속.

| 차례 |

쓸모
없는

하소연

1.

나는 생각했다. 자고로 인간이란 존재는 참으로 기묘하다고.
그것은 내가 아주 작은 씨앗일 때부터 익히 품어왔던 생각이
다. 실은 우리 어머니의 어머니 때부터 아니, 그 어머니의 할머
니 아니, 그 할머니의 증조 할머니의 어머니 때부터 식물들은
그렇게 생각해왔는지도 모른다. 20만 년 전 지금의 아프리카
대륙에서 살았다는 호모 사피엔스 사피엔스는 그나마 '이해'
의 범주에 속하는 동물이었으나, 그들은 오스트랄로피테쿠스,
호모 하빌리스, 호모 에릭투스, 호모 사피엔스 순서로 진화하
면서 심각한 발달 장애 과정을 겪고 있는 듯했다.

심지어는 '도구'와 '언어'가 그들에게 무조건적인 편의와 자유
로운 소통을 제공해주고 있다고 착각하기도 하면서 좀처럼 알
수 없는 행동들만 일삼아 오고 있는 것이다. 이를 테면 인간이
란 동물은 너무나도 제멋대로다. 때로는 반항적이고, 가끔씩
은 연민이 느껴질 만큼 가여운 대상으로 여겨지기도 한다. 자
고로 인간이란 불온한 존재다. 애석하지만 그렇게 말할 수밖
에 없을 것이다. 그럼에도 불구하고 식물 중 몇몇은 무려 그들
과 사랑에 빠지기도 한다는 소문을 들었을 때, 나는 놀라움을
금치 못했다.

"저렇게 야만적인 동물들과 사랑에 빠진다고? 차라리 고양이에게 잎을 뜯어먹히는 편이 속 편할 노릇이야."

화원에 있던 작은 온실 속을 한 번도 벗어난 적이 없던 나로서는 낯선 이들에게 길들여지는 것조차 다소 막연한 감각일 뿐이었다. 그러니 처음 누군지도 모를 이의 손으로 운반되어 이곳에 도착했을 때 나는 난감할 뿐이었다. 무엇보다 빛이 드는 시각이 터무니없이 적었기 때문이다. 하는 수 없이 작은 창문 틈 사이로 옅게 드리우는 햇살을 향해 줄기를 최대한 기울여야만 했다. 그 탓에 균형을 잡지 못해 자칫 쓰러질 뻔도 하였으나, 그 모습을 본 여자는 서툰 솜씨로 화분 속에 작은 지지대 하나를 만들어주며 말했다.

"아빠는 늘 내게 말했어. 서두를 필요는 없다고 말이야. 아마 내게 그 말을 전할 때, 아빠의 기분은 지금 내가 느끼는 감정과 비슷했던 모양이야. 걱정할 것 없어. 서두를 것 없어."

볕이 들어오는 곳이라곤 작은 창 하나가 전부인 이곳은 내게 시련과도 같았으나, 그 여자아이의 작은 관심 하나가 내게는 햇살처럼 따사로웠고 단비처럼 달콤했다. 다행스럽게도 나를 기르고 있는 인간은 내가 들었던 소문보다는 조금 더 상냥한 편이었다. 성가신 것이 있다면 자꾸만 내게 말을 건다는 것이었지만…… 그녀의 이름은 하소연이었다. 내게 줄곧 던지는 그 수많은 푸념에 꽤나 잘 어울리는 이름이란 생각이 들었다.

"조금 비좁고 어둡지만 조금 익숙해지면 다른 어디보다 여기가 더 편해질 거야. 너는 집이라는 말을 아니? 그건 세상에서 가장 안전한 장소를 뜻해. 환영해! 이제 이곳이 너의 집이야."

여자는 조금 들뜬 얼굴이었다. 아마도 여기 집이라고 불리우는 작은 방에 살아서 숨을 쉬는 것이라곤 그녀와 나, 단둘뿐이었기 때문인 것 같았다. 허나 그녀의 기분과는 다르게 나로서는 조금 상기된 표정으로 좀처럼 긴장을 늦출 수가 없었다. 열린 창문 틈 사이로 불어오는 도시의 찬바람에 익숙해지기까지는 다소 시간이 필요해 보였기 때문이다. 도시의 바람은 온실속에서 느꼈던 것보다 조금 더 탁하고 날카로웠다. 아글라오네마 식물은 추위에 약한 존재이기 때문에 본능적으로 파르르 줄기가 떨려왔다. 무거운 방안의 공기 탓에 뿌리에서부터 따끔거리는 건조함을 느끼면서 특히나 이따금씩 들려오는 시끄러운 자동차 경적 소리에 놀랄 때면 나는 있는 힘껏 인상을 찌푸렸다. 그럴 때면 가엽게도 내 잎 끄트머리는 딱딱하게 굳어가며 어두운 갈색으로 변하기도 했다. 이것은 인간과는 다른 식물의 본성이다. 우리는 거짓말이란 행위를 하지 않는다. 그리하여 모든 식물의 표정은 잎사귀의 질감과 색을 통해 드러나기 마련인 것이다.

푸석한 갈색의 잎사귀들이 보인다면 둔감한 인간이라 할지라도 우리가 지닌 불만의 정도를 금세 알아차릴 수가 있는 것이다. 그럼에도 식물의 상태를 깨닫지 못한다면 그 사람의 마음속에 있던 정원은 이미 다 시들어 버렸을 가능성이 크다. 가슴에 따뜻한 온기를 머금고 있는 존재만이 실은 그 온기의 소중함을 알 수 있기 때문이다.

낯선 공간에 대한 두려움도 잠시, 되레 나는 마음의 안정을 느끼고 있었다. 곧 꽃이 필 시기가 다가오기 때문이다. 화원 속에선 수많은 식물이 저마다의 색, 저마다의 향기를 뽐내며 우아한 윤곽의 꽃을 피운다. 봄은 내게 단절의 계절이었다. 꽃을 피울 수 없는 식물에게 봄이란 서운하기 짝이 없는 계절일 뿐이다.

"어린 아글라오네마야. 이듬해 봄엔 꼭 꽃을 피울 수 있을 거야."

주변의 식물들은 나의 시린 마음을 위로해주었지만 그마저도 내게는 부담스럽게 느껴지기 일쑤였다. 그리하여 비록, 비좁은 공간, 작은 창이 있는 곳이지만 혼자일 수 있기 때문에 비로소 나는 외롭지 않았다.

2.

나로 말할 것 같으면, 현재는 작은 토분에 심어져 있지만 이 작은 공간이 꽤나 마음에 든다. 연녹색의 기다란 잎을 지니고 있고 관엽식물과에 속한다. '아글라오네마' 그것이 우리를 일컫는 인간의 표현이다. 바람을 통해 들었다. 가끔은 식물 같은 사람들이 있다고, 나는 아직 그 말을 이해하지 못하지만 인간과 식물에게 어느 정도의 비슷한 부분들이 있음에는 동의하는 바이다. 물론 그 본질은 결코 같을 리 없겠지만…… 예컨대 사람들에게 심장이 있다면 우리에겐 뿌리가 있다. 살아있다면 인간은 뜨거운 심장을 지녀야 하며 살아있다면 식물은 깊이 **뿌리**를 내려야만 할 것이다. 허나 가끔씩 사람들의 심장은 뜨겁지 않을 때가 있다고 들었다. 살아있으면서 좀처럼 살아있는 것 같지 않은 순간.

'인간이란 실로 마음이 불온한 존재구나.'

나는 그것이야 말로 인간을 다른 무엇과 구별하는 중요한 기준이라고 생각했다. 문득 이곳으로 오면서 바람을 타고 돌아다니는 무성한 소문들이 떠올랐다. 뿌리가 없는 식물이 생존했다는 이야기는 들어본 바가 없지만, 인간은 차가운 심장을 가지고도 즐거운 표정을 짓는다고 하던데, 그건 정말이지 가슴 아픈 일이 아닐 수 없다. 인간의 사회 깊숙이 잠재되어 있는 두려움, 그 점은 겉과 속이 다르다는 것은 아닐까. 나는 속으로 생각했다.

'만약 정말로 차가운 심장으로 삶을 살아가는 인간들이 있다면 그들에게 온기는 그저 꿈속의 바람일 뿐이잖아. 그건 꽤나 곤란한 일이군.'

나를 데려온 여자는 따뜻한 심성을 가진 사람이었지만 안타깝게도 하루가 다르게 그녀의 삶은 시시해지고 있었다. 하소연은 아침 일찍 일어나 어디론가 향했고 저녁이 되면 집으로 돌아왔다. 바쁘게 집을 나서면서도 햇살이 잘 드는 창가에 나를 옮겨 두는 일을 잊어 버리진 않았다. 거울을 보며 연신 얼굴에 화장품을 바르다, 시계를 보고서 바쁜 걸음을 옮길 때면 나는 한쪽 눈썹을 아직 마저 다 그리지 않았다고 호통을 치고 싶었으나, 내게는 목소리가 없기 때문에 난처한 표정으로 그녀를 바라볼 뿐이었다. 그녀는 매번 시들시들해진 모습으로 돌아왔다. 해가 저물고, 새파랗게 질린 얼굴을 하고서 내 앞으로 다가오면 나는 오늘의 하소연을 들을 준비를 해야만 하는 것이다. 그녀는 돈을 벌기 위해 아침 일찍 회사로 출근하여 이른 밤, 집으로 돌아왔지만 자신의 생명력을 지나치게 소모하고 있었다.

"있잖아. 오늘은 또 실수를 하고 말았어. 나는 왜 늘 이 모양일까. 이제는 내 이름을 부르는 소리만 들어도 겁에 질려 버리는 것 같아. 나는 엉터리야. 서류 하나조차 마음에 들게 작성하지 못해. 정말이지 쓸모없어."

그녀의 푸념에 나는 속으로만 생각할 뿐이었다.

'너는 지금 너무 탁해. 지나치게 건조해. 그럴 땐 물을 줘야 해. 그러니까 마음에 물을 줘야 해. 그것은 단순한 이치야. 계속 그 상태라면 너는 금방 시들어 버리고 말 거야. 마음에 물을 줘야 해.'

하루 종일 공기가 잔뜩 움츠려 있더니 때마침 열린 창문 틈으로 비 냄새가 스며들었다. 밤에 내리는 비는 지나치게 서정적이다. 나와 하소연은 멍하니 그곳을 바라보고 있었다. 아마 그 눈빛으로 짐작하건대 지금 이 순간, 그녀는 몹시 갈증을 느끼고 있는 것만 같았다. 그것은 무엇에 대한 갈증일까. 그런 고민에 잠겨 내가 잠시 빗방울의 파문을 감상하고 있던 사이, 그녀는 알 수 없는 행위를 하고 있었다. 동그랗고 맑은 두 눈망울이 투명한 빗물을 뚝뚝 떨구고 있던 것이다. 그 작고 반짝이는 물방울들의 정체는 무엇이지……. 헤아릴 수 없는 작은 빛의 굴절들이 하염없이 그녀의 손등에 내려앉고 있었다. 빗방울처럼 투명했고 밤하늘의 별처럼 아득했다.

'아, 인간이란 참 독특한 방식으로 마음에 물을 주네.'

나는 그렇게 생각했다. 하소연은 스스로 몹시 메말라 있을 때 금방이라도 흩어져 버릴 듯 위태로운 갈증에 사로잡힐 때면 그렇게 눈물이라는 것으로, 울음이라는 행위로 마음에 물을 주고 있었던 모양이다.

"있잖아. 매번 나만 바보가 되는 기분이라서 속상해. 이런 서운함마저 이제는 진부할 정도지만, 괜찮아라는 말로는 차마 다 위로가 되질 않아. 아마 사람들이라면 누구나 그런 씁쓸함을 겪어보았을 테지만 나는 이제 한계라고 생각해."

여자는 울고 있었다. 그 모든 서운함이 스스로의 탓이라고 생각하면서.

무엇이 그녀를 불행하게 만들고 있는 것일까? 그녀에게 부족한 것은 무엇이지? 어쩌면 내가 햇살을 위해 조금 성급하게 줄기를 창가 쪽으로 기울였듯이, 그녀도 너무 급하게 무언가를 쫓고 있는 것은 아닌가 하는 생각이 들었다. 어찌 됐든 그녀는 지금 자기 자신을 지탱해줄 무언가가 필요할 것이다. 나는 계속해서 되물었다. 과연 인간에게 가장 따뜻한 버팀목은 무엇일까.

'너는 가장 자유로울 권리를 가지고 있으면서 가장 부자연스럽게 행동하고 있어. 이대로라면 너는 이 세계 속에서 영원한 타자로 존재하게 될 뿐이야. 당분간은 지금처럼 마음에 물을 충분히 주도록 해.'

그녀가 이 밤을 혼자서 끙끙 앓고 있는 이유는 스스로에겐 차갑고 타인에겐 지나치게 관대하여 그런 것은 아닐까. 그런 기형적인 태도는 자기 자신으로부터 많은 것을 멀어지게 만든다. 인간은 결코 혼자서는 자생할 수 없는 존재, 그리하여 마음 편히 고독해질 수 없을 것 같다는 그 뿌리 깊은 두려움이 그녀를 무기력하게 만들고 있었다. 그녀에게 필요한 것은 중심이었고 그것을 도와줄 온전한 버팀목이었다. 나는 지극히 당연하게 느껴지는 것들을 이야기하고 싶었으나 다만 내게는 목소리가 없지 않은가. 그리하여 그저 잎사귀를 촉촉하게 수분으로 둘러서 나 또한 그녀와 같이 젖어 있음을 알리는 것이 전부였다.

하소연은 그렇게 한참 동안 슬픈 표정을 지으며 비를 감상하다 이내 잠들어 버렸다. 그녀는 왜 인간이 아닌 나에게 속마음을 털어놓는 것일까. 나는 아무런 대답도 해줄 수가 없는데……. 나는 화원에서 살았던 시절을 추억했다. 나보다 한참이나 오랜 세월을 살아온 녹보수 나무 아저씨와의 대화를 떠올렸다.

"아저씨는 어째서 다시 이곳으로 돌아왔나요?"
"사람에 의해 길러지다가 사람에 의해 버려져서 여기에 있지."
"그들은 왜 아저씨를 기르다가 버렸던 거예요?"
"이사하는 도중에 짐이 될 만한 것들을 내다 버리더구나. 그리고 그 짐들 가운데 나도 포함되어 있었을 뿐이지."

"식물은 인간에게 짐일 뿐인가요?"

"때로는 친구가 될 수도 있고 때로는 짐이 될 수도 있단다. 그 것은 식물과 인간의 관계만이 아닌 모든 관계에 해당되는 말 이란다."

"그렇다면 왜 우리에겐 선택권이 없는 거죠?"

아저씨는 잠시 뜸을 들이더니 말을 이어갔다.

"아무에게나 함부로 꽃을 피우지 말거라. 쉽게 피어난 것들은, 쉽게 물드는 것들은 금방 사라져 버리는 법이니까."

3.

다음 날 아침이 되어도 비는 그치지 않았다. 톡톡, 이 쓸쓸한 소리들, 농밀한 비의 역사들, 아스라한 속삭임들은 나를 기쁨으로 가득 채우기에 충분했다. 빗소리만큼 애절하고 아름다운 여인의 목소리가 또 있을까, 비가 내리는 동안 내 안의 무엇은 조금 과장된 어투로 무언가를 그리워한다. 아직 빛을 발하지 못하고 씨앗 속에서 잔뜩 긴장한 채 꿈을 꾸고 있을 무렵의 시간들, 나는 그것이 외로움의 어원은 아닐까 하고 생각했다. 세상의 모든 빗방울은 격앙된 그리움의 안식처. 식물은 바로 그것을 먹고 자란다.

얼마 뒤, 하소연은 퉁퉁 부은 얼굴로 잠에서 깨어났다. 그녀는 일어나자마자 눈을 비비며 중얼거렸다.
"아, 배고파."
그 뒤 곧장 부엌으로 가서 커피를 내리고 토스트를 구웠다. 달콤한 향기와 빗소리가 섞이자 이내 그녀의 얼굴엔 미소가 번졌다. 하소연은 주말이라고 불리는 날에는 화장을 하지 않았지만, 그 어느 때보다 얼굴에는 생기가 가득했다. 나는 역시나 회사라고 하는 곳이 그녀를 시시하게 만들고 있다는 생각을 했다. 불쌍한 하소연, 먹고살기 위해 스스로의 생명력을 그렇게나 소모해야만 한다니 그것은 실로 인간이 지닌 큰 비극이 아닐 수 없다.

"무엇을 위해 그렇게 애쓰는 거야?"

나는 그렇게 물어보고 싶었다. 다만, 내게는 목소리가 없을 뿐. 관엽식물인 나는 직사광선에 너무 오랜 시간 노출되어 있으면 잎이 누렇게 변하기 마련이다. 토양이 마른 듯할 때마다 듬뿍 물을 주고 잎사귀에 충분한 수분을 필요로 한다. 10도 안팎의 적당한 온도와 너무 습하지 않은 공간이라면 나는 어디서든 마땅히 식물로 생존할 수 있다. 식물인 나에게 살아가는 데 필요한 것은 그것이 전부다. 그러나 인간은 인간다운 삶을 위해서 보다 복잡하고 많은 것이 요구되는 것 같았다.

그녀는 토스트를 크게 한입 베어 물고는 노트북으로 영화를 재생했다.
"기대해도 좋아. 여기에 네 친구가 있어."
영화 속에는 동그란 안경을 낀 킬러가 등장했다. 그는 나와 같은 종인 아글라오네마 식물의 잎사귀를 어루만지며 누군가와 이야기를 하고 있었다.

"그걸 무척 사랑하는군요?"
"제일 친한 친구야. 항상 행복해하고 질문도 안 해."
"정말 사랑한다면 공원에 심어서 뿌리를 내리게 해야 돼요."

두 사람의 대화는 꽤나 인상적이었고, 영화 속 아글라오네마는 정말로 웃고 있었다. 나로서는 아직 그 웃음의 의미에 대해 제대로 알 수 없었지만, 그 미소에는 어떠한 거짓도 없는 것 같았다. 나는 속으로 '친한 친구를 가지게 되는 것은 순수한 웃음을 얻게 되는 일이구나' 하고 몇 번 읊조렸다. 영화 엔딩 크레딧이 올라간 뒤에 때마침 하늘의 먹구름도 함께 걷혔다. 불과 얼마 전까지만 해도 비가 내렸다는 사실을 알지 못할 만큼 짙은 햇살이 창문 틈새로 스며들었다. 창밖의 풍경을 보고서 하소연은 무언가 결심한 듯 나갈 준비를 했다. 그리곤 가슴팍에 나를 와락 끌어안고 거리로 나가는 것이 아닌가. 나는 조금 긴장했다. 그리곤 녹보수 아저씨의 말을 떠올렸다.

'때로는 친구가 될 수도 있고 때로는 짐이 될 수도 있단다. 그것은 식물과 인간이 아닌 모든 관계에 해당되는 말이란다.'

나는 파르르 떨었다. 혹시나 내가 벌써 그녀의 짐이 되어 버렸을까 봐. 하소연은 가볍게 발걸음을 옮기며 내게 말했다.

"요즘 나는 그런 말을 입에 달고 사는 것 같아. 부질없다는 말, 실은 언제부터인지 모르겠지만 자연스레 그렇게 생각해 버리게 된 것 같아. 아마 조금이라도 덜 상처받기 위해서, 덜 실망하기 위해서 발버둥치는 꼴일 수도 있지만, 조금씩 얇아져 가는 오늘 아침 빗줄기처럼 그렇게 마냥 스쳐 지나가 버리는 것 같아. 어쩌면 모든 것은 빗방울처럼 덧없이 흩어져 버려. 그곳에 오랫동안 온전히 남아 있지 못하고 부서져 버려. 부질없이."

나긋나긋한 어투로 인생이 부질없다고 말하는 그녀의 얼굴에는 먹구름 같은 것은 껴 있지 않았다. 그녀가 뱉은 문장이 처음으로 힘 있게 느껴지던 것은 그 순간이 처음이었다. 삶은 빗방울처럼 덧없이 흩어져 버리는 것이라 속삭이면서 그녀의 발걸음은 더욱 가벼워졌다. 나는 생각했다. 만약 그녀가 부질없다는 말을 몇 차례만 더 중얼거렸다면 조용히 몸을 누인 채로 증발할 일만을 기다리고 있던 고인 물처럼 얼마 지나지 않아, 그녀도 이 세계에서 영영 자취를 감춰 버릴 것만 같다고.

26

4.

씨앗을 깨고 나온 뒤로, 숱하게 많은 주변의 식물이 꽃을 피우는 것을 보았다. 심지어는 겨울에 피는 꽃도 심심치 않게 있었다. 그럼에도 어찌하여 나는 단 한 번, 꽃봉오리를 가진 적이 없었던 것일까. 아마 꽃을 피우는데 필요한 것은 적당한 햇살과 온도 그리고 수분 이외에 다른 것이 있는 건 아닐까. 많은 것을 알고 있던 녹보수 아저씨 역시도 내가 왜 꽃을 피우지 못하는 것인지에 대해선 알지 못했다. 나는 인간 여자의 품에 안긴 채로 가끔은 식물에게도 하소연할 곳이 필요하다고 생각했다. 실은 꽃을 피우지 못하는 식물이야 말로 쓸모없는 것은 아닐까. 나는 불현듯 거리로 버려지는 것에 대한 두려움을 느끼며 중얼거렸다.

"나의 연약한 뿌리로 도심의 메마른 거리 위에서 살아가는 일은 역부족인데……."

불과 몇 시간 전만 해도 거리를 가득 채우던 습한 기운이 햇살의 개운함으로 변했다. 이윽고 하소연의 발길이 멈춘 곳은 집 근처에 있는 어느 도서관 벤치였다. 그녀는 아직 물기가 남아 있는 자리를 손으로 대충 닦고 난 뒤 앉아서 책을 읽기 시작했다.

'아직 버려지는 것은 아닌 모양이군.'

나는 그제야 움츠러들었던 잎을 펼쳐 햇살을 맞이할 수 있었다. 주변을 둘러보니 많은 식물이 축복 같은 광합성을 누리고 있었다.

"글쎄, 저 플라타너스 나무는 500년이나 되었대!"

하소연이 읽던 시집을 내려놓으며 들뜬 얼굴로 내게 말했다. 나는 고개를 돌려 초입에 있던 푸른 플라타너스 나무를 바라보았다.

"플라타너스 아저씨, 정말로 500년이나 그 자리에 있었던 거예요?"

"쾌락 노예가 되지 말고 쾌락을 지배하거라."

"아니요. 그게 아니라, 정말로 500년을 그 자리에 있었던 거냐고 물었던 거예요."

"욕망을 성취한다고 해서 마음의 공허가 사라지진 않는단다."

"그러니까 제가 물어본 건……."

"형식보다 중요한 것은 감정의 깊이, 그럴듯한 가짜가 아니라 비록 어렴풋할지라도 너 자신의 삶을 살거라."

500년을 살았다는 플라타너스 아저씨는 그렇게 도통 알아들을 수 없는 말을 늘어놓더니 고개를 획 돌려 다른 식물들을 같은 방식으로 못살게 굴고 있었다. 그 나무 앞에 놓인 작은 팻말에는 '철학의 나무'라는 이름이 적혀 있었다. 나는 그보다 더 어울릴 만한 이름은 없다고 생각했다. 벤치에 앉아 시집을 들여다보고 있는 하소연의 모습에는 생기가 가득했다. 아울러 주변에 앉아 있는 인간들의 대화에는 온기가 가득했고 얼굴에는 미소가 가득했다.

나는 모처럼 포근한 화원에서 초록빛으로 물드는 정오의 풍경을 떠올렸다. 사람들은 저마다의 빛깔을 머금은 채로 생각에 잠겨 있었다. 여기 주변을 가득 채우고 있는 공기의 질감, 비를 벗어난 햇살의 향연, 눈앞에 펼쳐진 빛의 흩어짐과 고요하면서도 충만한 사색의 시선들. 그 모든 순간의 미장센은 오래도록 기억될 만큼 생기가 가득한 것들이었다. 어쩌면 사람들에게 지금 이순간은 마음의 광합성과 같은 것인지도 모른다. 그들은 이 작은 여유로움으로 무르익는다. 요컨대 내면의 자유, 아마도 그것이 인간을 웃게 만드는 충실한 자양분인 듯했다.

"실은 나 지금 누군가를 생각하고 있어."
그녀는 내 잎사귀를 쓰다듬으며 말을 이어 나갔다.
"너는 누군가를 생각해본 적이 있니? 곁에 없는 누군가를 떠올린다는 건 참 이상한 기분이야. 기쁘면서 슬퍼. 너는 그런 기분을 아니?"

그녀의 얼굴은 웃고 있었지만, 눈은 슬펐다. 가끔 인간들의 말은 지나치게 추상적이다. 그것은 실체가 없다기보다는 절대적 기준을 가지고 해석할 수 없다는 의미다. 나는 그녀가 누군가를 생각하면서 떠올리는 표정을 나의 방식으로 이해하는 것이 고작이다. 속으로 그 사람이 어떤 마음을 품고 있는지 있는 그대로 이해하지 못한다. 마찬가지로 그가 나를 향해 던지는 수많은 말에 대해 보편적인 해답을 내어놓을 수가 없다.

하소연의 다소 감정적인 독백을 듣고 있으면 인간은 야만적인 동물이 아니라, 추상적 동물이라는 결론에 도달하게 된다. 그들은 보편성과 특수성의 경계를 넘나들며 그 개인들에게 지극히 흥미로운 자극들을 찾아 헤맨다. 어떤 단순한 문장이나 단어로 규정할 수 없는, 이를테면 감정의 모호함. 그 속에서 사람들은 자기 자신을 규정할 언어를 찾아 헤맬 뿐이다.

'혼자 있을 때만큼의 솔직함을 다른 이와 함께 있을 때도 가질 수 있다면 사람들은 불필요한 감정의 낭비를 피할 수 있을 텐데……. 비록 솔직하게 이야기한다고 해서, 그것이 온전히 전해지는 것은 아닐 테지만.'

실은 세상 만물의 교류가 그런 것이다. 타자의 마음을 느끼는 것도 결국엔 나의 마음을 읽는 행위에 포함되는 것이기 때문에, 그것은 나의 마음속에서 타인의 마음을 느끼는 것에 불과하다. 우리는 감정을 해석하는 것일 뿐이지, 그것을 온전히 주고받을 수는 없다. 하여 모든 개개인의 감정은 영원한 비밀로 남게 되는 것이다. 나는 그녀가 나를 바라보며 무언가를 생각하는 마음을 온전히 이해할 수 없다. 그녀 안에 존재하는 마음은 영원히 풀리지 않을 수수께끼처럼 모호하다. 그것은 어쩔 수 없는 단절이면서 동시에 서로를 끌어당기는 만유인력의 작용으로 해석될 수도 있다. 이른바 감정의 모호함과 이따금씩 전해지는 진심 어린 고백으로 말미암아 관계는 생성과 소멸을 반복하고 깊어지기 때문이다.

인간의 마음은 그들의 언어에 비해 훨씬 더 은유적이기 때문에 그것을 이해하기 위해서는 그 사람의 속마음을 느끼려는 성실한 자세가 필요하다. 허나 그마저도 모든 이해는 오해를 전제로 함을 언제까지나 잊지 말아야 할 것이다. 그러니까 '나의 마음을 이해해주세요'와 같은 말은 인간들의 바람일 뿐, 결코 이루어질 수 없는 꿈일지도 모른다.

나는 고개를 돌려 500년을 넘게 살았다는 철학의 나무 아저씨에게 물었다.
"타인을 이해하려는 행위는 이루어질 수 없는 꿈은 아닐까요?"
"아주 오래전에 한 명의 시인이 말했단다. *오랫동안 꿈을 그리는 이는 마침내 그 꿈을 닮아간다고 말이야. 가끔, 답을 알 수 없는 물음과 마주칠 때면 조용히 바람의 소리에 귀를 기울여 보렴. 그 속엔 여전히 이름 모를 시대, 이름 모를 도시의 이름 모를 누군가의 말들이 고스란히 이 세계를 맴돌고 있단다."

*앙드레 말로

5

하소연은 얼마간은 음악이 나오는 기계를 귀에 꽂은 채로 자
연스럽게 고개를 끄덕이고 있었다. 놀라운 것은 그녀가 책을
읽고 음악을 듣고 내게 말을 걸고 무언가에 대한 감상에 젖어
있을 때에도 철학의 나무 아저씨는 단 한 번도 쉬지 않고 말을
하고 있었다는 것이다.

"아저씨, 누군가를 깊이 생각한다는 건 어떤 거예요?"

공교롭게도 큰 의미 없이 던진 내 질문에 처음으로 철학의 나
무 아저씨의 말문이 막혔다. 그의 그늘은 옅게 떨렸고 당황한
기색이 역력했다. 나는 예상치 못한 결과에 다시 한 번 놀라며
조용히 그의 대답을 기다렸다.

"생각의 어원에 대해서 먼저 말을 해야겠구나."

"생각의 어원은 어떤 건데요?"

"오래전엔 사랑이란 말과 생각이란 말은 하나의 뜻이었단다."

"그럼 계속해서 생각이 난다는 건 그를 사랑한다는 뜻인가요?"

"지금이 오래전이라면 나의 대답은 '물론'이었겠지만 세상은
많이 변했고 사고의 방식과 언어의 체계도 많이 달라졌단다.
그럼에도 가능성은 남아 있지."

"그럼 사랑이란 뭐예요?"

"내가 한참을 망설인 것은 그것 때문이란다. 사랑, 사랑의 정의에 대해선 나에게도 여전히 시간이 필요할 것 같구나……. 그건 좀처럼 논리적인 인지능력만으론 설명할 수 없는 현상이지. 그럼에도 불구하고 그것은 실재(實在)하고 있단다. 누군가는 신앙으로, 또 다른 이는 자연의 법칙으로 그리고 몇몇은 직관에 의지하여 그것에 다가서보려 노력하는 것이 고작이지. 분명한 건 사랑이라고 하는 건, 시간보다도 오래된 것이라는 거지. 그것은 좀처럼 가볍지 않아. 가볍다는 것은 쉽사리 날아가 버리는 것을 의미한단다. 일시적이고 유한한 것들, 그러나 사랑은 그런 한계를 넘어서는 초자연적인 현상이지. 비유하자면 이미 갖추어진 것들을 초월하여 우리의 내부와 외부의 영역들에 이루 말할 수 없는 자극과 반응을 이끌어내는 '진리의 메아리'라고 표현하고 싶구나. 설명할 수 없고 만질 수도 없으며 끝내 다가설 수도 없지만 분명 우리 세계에 존재하고 있는 것, 아마도 그것이 사랑이란다. 에로스, 인(仁), 자비, 존중, 표현 방법은 똑같지 않지만 때에 따라 그것은 모든 것을 앗아가는 절망의 씨앗이 되기도 하고 때에 따라 그것은 자기 자신을 살아 숨쉬게 하는 생명의 원동력이 되기도 한단다. 그러나 이것 또한 고작 500년을 살았을 뿐인 나의 피상적이고 단순한 접근일 뿐, 누구도 그것을 분명하게 안다고 말할 수는 없는 노릇이지."

"철학의 나무 아저씨, 그럼 아저씨는 사랑을 해본 경험이 있

34

나요?"

"······."

아저씨는 깊은 생각에 잠긴 듯, 더 이상 아무런 말을 하지 않았다. 여전히 잎사귀는 맑은 초록빛으로 바람결에 나풀거렸으나, 그 흩날림 속에 알 수 없는 고독이 묻어 있었다. 하소연과 함께 집으로 돌아가는 와중에도 그 대화가 잊히지 않았다. 500년을 넘게 살았다는 철학의 나무 아저씨조차 사랑의 정의에 대해서만큼은 아직도 더 생각을 해봐야 한다니. 나는 힘껏 햇살을 머금은 채로 되뇔 뿐이었다.

'사랑은 어려운 것이구나······.'

6.

주말이 저물가는 늦은 밤, 하소연은 같은 자세로 누워서 몇 시간째 휴대폰 화면을 바라보고 있었다. 마냥 어린 아이처럼 웃다가 때때로 슬픈 표정을 지으면서 그녀는 다른 사람들이 올린 사진이나 글 같은 것들을 감상하는 데 많은 정신과 시간을 쏟았다. 그러면서도 가끔씩 깊은 한숨과 함께 혼잣말을 뱉는 것도 잊지 않았다.

"세상 사람들은 어째서 다들 이토록 행복해 보일까. 어떻게 그들에겐 이런 여유가 허락되는 거지?"

그녀는 작은 화면을 뚫어져라 응시한 채로 점점 더 작아져 가는 자존감을 가까스로 부여잡으면서 스스로 소화해내지 못한 푸념들을 내게 털어놓았다. 하소연은 내게 누군가의 여행 사진과 일상에 관한 기록을 보여주면서 다시 한 번 같은 말을 반복했다.
"어째서 다들 이렇게 행복한 거냐구⋯⋯."
나는 의아했다. 누구도 항상 행복할 수는 없는 법인데, 하소연은 왜 그걸 모르는 거지? 어쩌면 빈틈없이 매 순간 행복하다는 건 자연의 법칙을 거스르는 행위와도 같다. 그것은 있을 수 없는 일이고, 있어서도 안 되는 일이다. 하루에도 하늘은 수많은 빛으로 물든다. 오늘 하루에도 바람은 헤아릴 수 없는 변화를 거듭하고, 오늘 밤도 저 어두운 밤하늘 너머로 우주는 끊임없이 생성과 소멸을 반복하며 팽창해 나아가고 있다. 그러니 그 속에서 단 하나의 감정을 고집하고 있는 것은 지극히 부자연스러운 행위일 수밖에 없는 것이다.

"그건 그 사람들 인생의 하이라이트일 뿐이야. 깊이 들여다보면 누구나 저마다의 고단함을 가지고 있다구."
나는 있는 힘껏 외쳤다. 그러나 내게는 목소리가 없기 때문에 그것은 결코 그녀에게 닿지 않을 것이다. 바로 이것이 자연의 법칙이다. 그런데 인간은 자꾸만 그것을 초월하려 하는 것 같다. 이미 정해진 절대적 가치들에 가차없이 반기를 들곤 한다. 인간의 출현이야말로 지구라고 불리우는 행성에서 유례없는 사건의 전말일 것이다. 그것이 어떤 결과를 가져올지에 대해서는 누구도 알 수 없을 터, 다만 존재하는 동안 되도록 많은 생명이 그 본연의 가치를 잃지 않고 살아갔으면 하는 바람이 있을 뿐이다.

예컨대 그녀가 느끼고 있는 상대적 박탈감 혹은 지나친 고립감 같은 감정들은 지나치게 타자를 의식한 결과물이다. 그런 것들로부터 자유로워지는 것은 매우 간단한 일이다. 그저 비교하지 않으면 된다. 행복을 저울질하지 않고 내게 주어진 것들을 감사히 여기면 그것으로 충분한 법이다. 타인의 시선에 나를 떠밀지 않고 스스로를 평균이란 틀 안에 가두지 않으면 나다운 삶은 자연스레 도래하게 되는 것이다. 결국엔 '자기다움' 그 속에 저마다의 행복이 담겨 있는 셈이니까.

인간들은 중력을 거스르고, 계절의 온도를 무의미하게 만들고, 심지어는 시간까지 초월하려 하면서도 정작 아주 단순한 것들을 놓치고 있는 것만 같다.

'행복이란 건, 실은 그렇게 복잡한 것들은 아닌데……'

나는 그렇게 생각하면서 나의 지난 나날을 되돌아보았다. 봄날의 꽃들이 만개할 때 홀로 풀이 죽어 있던 나의 모습이 기억의 틈에서 모락모락 피어오르고 있었다. 어떤 말로도 차마 안아주지 못할 소외감. 나 역시도 꽃을 피워야 한다는 인식에 사로잡혀 한동안 가늘게 호흡을 연명할 때가 있었다. 그것은 마음 한편에 외딴섬과도 같이 자리한 쓸쓸한 기억이다. 스스로 꽃을 피우지 못하는 열등한 종자라는 사실을 인정해야만 했던 때, 새벽 안개처럼 그 모든 외로움의 입자들이 내 주변에 서성이다 한숨처럼 푹 꺼지곤 했다. 마지못해 그 운명을 쓸어 담았을 때, 내 창백해진 잎사귀 곁에는 단 한 방울의 작고 서운한 새벽 이슬만이 맺혀 있을 뿐이었다. 내가 추억하는 고독의 윤곽은 그런 모양을 하고 있다. 정확하게 원이 되지 못하고 비스듬히 무게중심이 내려앉은 형상. 잠들지 못해 셀 수 없이 많은 뒤척임을 겪고 난 뒤에 깨달은 느낌은 오랜 시간이 지나도 감히, 훼손되지 않는다. 어쩌면 나는 그날 밤만은 인간처럼 눈물을 흘렸을지도 모른다. 그것이 나의 첫 외로움이었다.

7

하소연은 회사에 미워하는 사람이 있다. 그녀는 때때로 집으로 돌아와 L과 있었던 일에 대해서 털어놓고는 하는 것이다. 도대체 자신을 왜 그렇게 미워하는지 알 수 없다고 이야기하면서 그녀는 분명히 말했다. 자신도 그 사람을 미워하게 되었다고. 그 이유에 대해서는 다음과 같이 설명했다.

"그 사람이 싫은 이유는, 그 사람이 나를 싫어하기 때문이야. 사사건건, 내게 핀잔을 주고 눈치를 준다니까!"

어떤 생태계에서나 분쟁은 발생할 수 있다. 물론 식물의 경우에도 마찬가지다. 너무 가까이에 있어 서로의 뿌리가 엉키게 된다든지, 한쪽이 너무 많은 수분을 독차지하는 경우. 그것은 어쩔 수 없이 생존을 위한 투쟁이 일어날 수밖에 없는 상황이 되어 버린다. 물리적인 거리가 너무 가깝게 되면, 둘 중 하나가 시들어 버리거나, 혹은 두 식물 모두 말라 죽게 되는 상황이 일어날지도 모른다. 따라서 식물에게 있어 충분한 거리는 아주 중요한 요소인 셈이다. 이는 식물에 국한되는 일은 아닐 것이다. 어떤 생태계에서나 '적당한 거리'는 서로가 온전히 살아가기 위해서 필수적인 부분이다.

허나 인간의 경우, 그 충분한 거리라는 것이 단지 물리적인 거리를 뜻하는 것은 아닌 듯했다. 어쩌면 사람들이 관계의 답답함을 느끼는 이유는 심리적인 거리의 문제인지도 모른다. 예컨대 마음의 거리가 너무 가까워 버리면 서로의 생각이나 행동이 충돌해 버리기 쉬우니까.

"L은 정말이지 나와는 맞지 않아. 그 사람의 목적은 나를 일 적으로 꾸짖는 게 아니야. 자꾸만 감정적으로 나를 상처 입히려고 하는 것 같아."

'감정에 상처를 입힌다'라는 표현은 다소 추상적이지만, 어쩌면 추상적인 상처는 물리적인 것보다 더 깊은 흉터를 남긴다. 실은 겉으로 표현되지 않는 상처가 더 아프고 위험한 법이다. 뿌리에서부터 보이지 않게 썩어 들어가는 상처는 좀처럼 쉽게 낫지 않기 때문에, 서로의 감정을 할퀴는 관계는 무너져야 마땅한 법일지도 모른다. 허나 일터라는 것이 어쩔 수 없이 서로 마주칠 수밖에 없는 공간이지 않은가. 그렇다면 하소연과 L이라는 사람은 계속해서 상처를 주고 상처를 받는 일을 벌이게 되는 꼴이겠지.

"어떻게 해야 할까. 내게 어떤 불만이 있는지 물어봐야 하는 걸까?"
하소연은 길게 한숨을 늘어뜨린 뒤, 냉장고에서 시원한 맥주한 캔을 꺼내 들었다. 나는 그 모습을 보며 말했다. 물론 들리진 않겠지만.

"썩은 부분은 제때 치료하지 않으면 그 주변까지 제 기능을 상실해 버리고 말아."

여자는 근심이 가득한 표정으로 다시 한 번 목을 축인다. 고민한다고 해서 달라질 것은 없었다. 계속해서 같은 문제 속에서 방황하고 있는 스스로를 발견할 뿐이다.

"어떤 불만이 있는지 알게 된다고 한들, 그 불만이 마냥 해소되리란 보장도 없잖아. 무슨 말을 꺼내야 할까. 관계를 회복하고 싶은 생각 같은 건 없어. 그냥 알고 싶을 뿐이야. 내가 왜 싫은지, 어쩌면 L에게도 내가 악당 같은 사람인 건지, 그저 이유를 알고 싶을 뿐이야."

식물은 자라면서 환경과의 갈등을 겪으면 그것을 유연하게 피해가는 것이 보통이다. 큰 바위를 피해 비스듬히 기울어져 자라기도 하고 때로는 햇볕을 더 많이 받기 위해 잎사귀를 볕이 있는 쪽으로 최대한 뻗어보기도 하고. 허나 가끔씩 별난 녀석들이 있기 마련이다. 예컨대 바위를 부수고 그대로 곧게 자라나는 식물들도 있다. 바위 입장에선 꽤나 황당할 노릇이지만, 왜 그렇지 않은가. 절대로 일어나지 않을 사건 같은 것은 애당초 이 세계에 존재하지 않는 법이니까.

"너는 선택을 해야만 할 것 같아. 그 사람을 유연하게 빗겨 지나가던지, 아니면 그 마음의 벽을 부수고 곧게 나아가던지. 결국엔 너의 선택이겠지만 분명한 건 아무것도 하지 않으면 결

국 상처 입는 것은 네 쪽이라는 거야. 부디 상처받는 행위에는
익숙해지지 말기를 바라."

8

며칠 뒤, 하소연은 퇴근하고 돌아오자마자 거울을 뚫어지게
쳐다보더니 내게 말했다.

"나 여기 성형할까? 코가 좀 낮은 것 같아."

성형, 의학에서 외과적 수단을 이용하여 신체의 일부를 고치
거나 만드는 것. 그러나 하소연에게 왜 그것이 필요한 것일까.
나는 그녀의 신체에 어떤 문제라도 있는 것은 아닌지 자세히
살펴보았으나, 그녀의 목적은 다른 쪽에 있는 것 같았다.

"나도 예뻐지고 싶어."

그녀가 욕망하는 미의 결과물은 어떤 형태일까. 높은 코, 큰
눈, 짙은 쌍꺼풀과 갸름한 턱선 같은 것일까. 식물이 생각하기
에 외관은 정신과 현실을 이어주는 일종의 매개(媒介)와도 같
다. 그것은 물론 중요한 것이다. 이를테면 나의 본질은 결코 가
볍지 아니한데, 그 표현이 지극히 가볍다면 나는 왜곡되기 십
상이기 때문이다. 그렇기 때문에 현실의 나는 나의 내재적 가
치를 고스란히 드러낼 수 있는 모습이어야 한다. 그것이 내게
는 바로 '예쁘다'라고 하는 말의 정의인 것이다. 들리진 않겠지
만 구태여 나는 말해주고 싶었다.

"내가 느끼기에 너는 충분히 예뻐"

곧이어 하소연은 자신이 평소 마음에 들지 않는 신체 부위들
에 대해 줄줄이 털어놓았다. 나는 그 말을 듣고서 혹시나 그녀

가 스스로를 좋아하지 않는 것은 아닐까 조금 걱정스러운 마음이 들었다.

"아, 나도 저렇게 생겼으면 좋겠다!"

아름다움에 대한 그녀의 하소연 앞에서 나는 아이러니함을 느꼈다. 식물들은 다른 무언가가 되려고 노력하지 않는다. 오롯이 내가 되어 꽃을 피우는 것이 우리가 이 땅에 뿌리를 내린 최초의 이유이기 때문이다. 그 이유만큼은 사라지지 않는다. 같은 종의 식물이라 할지라도 토양의 성분과 햇살의 양에 따라 조금씩 다른 모양, 다른 색, 다른 향의 꽃을 피운다. 그리하여 어떠한 식물도 자세히 들여다보면 조금씩 다른 모습을 지니고 있기 마련인 것이다. 제아무리 같은 씨앗에서 출발했다한들 환경에 따라 모두 다른 방식으로 세상과 호흡하고 있다. 그러니 다른 이들의 기준에 구태여 나를 끼워 맞추지 않아도 되지 않은가. 결국 삶의 방식이란 내가 세상에서 가장 속 시원하게 호흡할 수 있을 때 생명력을 얻게 되는 것이니까. 불현듯 나는 그녀에게 묻고 싶었다.

"네가 되고 싶은 것은 그럴듯한 가짜로 살아가는 일이었니?"

그녀에게 필요한 것은 높은 코, 날렵한 턱선이 아니라, 굳건한 마음이었다. 사회가 정한 규범적인 미가 아니라, 타인의 생각과 평가와는 무관하게 오롯이 나다울 수 있는 마음. 가장 큰 용기는 자기다움으로 비롯되는 법이니까. 비록 나는 꽃을 피울 수 없는 어린 식물에 불과하지만 다른 꽃을 훔치고 싶은 마음 같은 것은 없다. 내가 원하는 것은 그저 내 안에서 자라난 올곧은 마음의 형태일 뿐이다.

진실하지 않으면 다 부질없는 허울에 불과한 것, 아무리 그럴 듯하다 한들 가짜는 진짜를 넘어설 수 없기 때문이다. 빛난다고 해서 모두가 진짜는 아니다. 빛은 모든 물질을 무차별적으로 비추어 드러내기 마련이니까. 그것은 자연의 규범이다. 그러나 그 수많은 빛의 반짝임 속에서 자신만의 색을 지닌 존재들이 있다. 진정한 아름다움이란 내 영혼의 채도에 비례할 뿐, 현실의 무게 속에 퇴색되지 않는다. 예컨대 나의 색깔을 지닌다는 것은 빛의 산란(散亂)이 곧이곧대로 선사하는 결과물은 아니다. 왜 노을은 붉고 정오의 하늘은 푸르며 장미꽃이 새빨간 것일까. 그것은 그 속에 고스란히 품고 있던 내면의 파장이 제각각 다르기 때문이다. 나만의 색을 가진다는 것은 자연의 빛이 나의 가치를 인정했다는 뜻이다.

나는 그녀를 바라보며 속삭였다.
"예뻐지고 싶어? 그럼 너를 예쁘게 보이게끔 하는 일이 아니라, 네가 좋아하는 일을 해. 그러면 머지않아, 너도 알게 될 거야. 그 속에서 즐겁게 웃고 있는 네 모습이 얼마나 아름다운지."

그때 조용한 방 안에서 휴대폰 벨소리가 소란스럽게 울려 퍼졌다. 하소연은 다소 당황한 표정으로 화면에 떠오른 발신자의 이름을 바라보았다. 그리곤 연신 목을 가다듬더니, 평소 내게 하소연을 하는 것과는 전혀 다른 어조로 전화를 받는 것이 아닌가.

"여보세요?"

나는 속으로 생각했다. 만약 그녀가 내게 하소연을 할 때에도 방금 전 목소리와 같이 나긋나긋한 어조였다면 더욱 싱그러운 미소를 지었을 텐데…… 그리고 전화기 너머에서는 낯선 남자의 음성이 들려왔다.

"소연 씨, 잘 지냈어요?"

그녀는 손톱을 깨물었고 미소를 지었다. 고작 잘 지냈냐는 한마디에 하소연의 가슴은 소란스럽게 뛰었다.

"K씨 안녕하세요. 네 저는 잘 지냈죠! 잘 지내셨어요?"

"네. 하하. 저, 다름이 아니라 요즘 소연 씨가 독서 모임에 안 나오셔서 혹시나 무슨 일이 있는 건 아닌지 해서……"

그 순간, 여자의 얼굴은 붉게 물들었다. 짙은 안개가 걷히듯 그녀를 감싸고 있던 하루의 피로가 가시는 듯했다.

"아무래도 회사를 옮기고부터 도통 정신이 없어서 못 나갔네요. 조금 적응되면 바로 나갈 거예요. 걱정해주셔서 고마워요."

"네. 그리고 도서관은 결국에 다음 달을 끝으로 문을 닫게 되는가 봐요."

"아, 안 그래도 지난 주에 다녀왔어요. 앉아서 책 읽기 딱 좋은 장소인데, 정말이지 너무 아쉽네요."

"그래서 말인데, 혹시 이번 주말에 시간 되시면 도서관 같이 가실래요? 지난번에 빌려주신 책도 돌려드려야 하고……."
전화 속 음성의 남자는 묘하게 말 끝을 흐리는 버릇이 있었다. 하소연은 잠시 뜸을 들인 뒤, 나긋나긋 대답했다.
"좋아요. 네 시에 입구에서 볼까요?"
"네, 소연 씨, 그럼 그날 봐요."

전화를 끊고 하소연은 침대에 앉아 평온한 표정을 지었다. 이 밤, 무엇이 그녀에게 따뜻한 위로가 되어주었던 것일까. 어찌 됐든 오랜만에 그녀는 '나는 쓸모없어', '실은 다 부질없어'와 같은 말들을 하지 않았다. 나는 기특한 생각이 들어 그녀에게 말했다. 물론 내게는 목소리가 없기 때문에 그 말은 결코 전해질 리가 없지만 말이다.

"그래. 그런 마음이야. 이 순간, 가슴속에 온기를 머금고 있는 너를 대신할 수 있는 것은 이 세상에 존재하지 않아. 아름다운 것은 그런 거야. 무엇으로도 대신할 수 없는 거야."

9.

하소연이 잠들고 난 뒤, 나는 철학의 나무 아저씨의 말처럼 바람 소리에 귀를 기울였다. 조금 열린 창문 틈 사이에서 옅은 바람이 살랑살랑 불어와 내게 닿는 것을 느낄 수 있었다. 가만히 그 밤에 넘실거리는 자비로운 숨결에 귀를 기울였다.

*"내가 지닌 언어의 한계가 곧 나의 세계가 지닌 한계야……."

언어의 한계가 곧 세계의 한계. 그 목소리에 담긴 말은 어떤 의미일까. 다음번에 또 철학의 아저씨를 만나게 될 때 그 문장에 대해 같이 이야기해보면 좋을 것 같다는 생각이 들었다.

혹시 우리가 살아가는 세상은 우리가 쓰는 언어에 국한되는 것은 아닐까. 더 나아가서 우리가 떠올리는 생각마저도 하나의 언어가 아닐까. 그렇다고 한다면 따뜻한 생각, 아름다운 표현은 더 나은 세상을 만드는 일과도 같진 않을까. 그런 맥락이라면 하소연이 스스로 자꾸만 쓸모없다고 말하는 것은 곤란한 일이다. 자칫 정말로 쓸모없어져 버릴지도 모르니까.

어느 날, 어딘가에서 불어온 바람의 소리에 귀를 기울이던 새벽, 다소 늦은 시각이었지만 춥지 않았다. 어쩌면 그 말 속에,

따뜻한 온기가 담겨 있었기 때문인지도…….

*루트비히 비트겐슈타인

10.

다음 날, 하소연은 평소보다 일찍 일어나서 출근 준비를 서둘렀다. 긴 밤을 지나 새벽의 이슬을 잔뜩 머금고 있던 찰나에 하소연의 평소답지 않은 행동은 다소 부산스럽게 느껴졌다. 내게 목소리가 있었다면 소란스러운 그녀의 행동에 분명 주의를 주었을 것이다.

"그 플라타너스 나무 있지, 조만간 새 건물이 들어서면서 베어질 예정인가 봐. 그래서 오늘은 조금 일찍 나가서 한번 들렀다 가려구!"

나는 하소연의 말에 가슴이 철렁 내려앉았다. 철학의 나무 아저씨는 아직 사랑을 깨닫기 위해서 더 많은 시간이 필요하다고 했는데. 이대로라면 아저씨가 사랑이 무엇인지 깨닫기도 전에 생을 마감하는 꼴이 되고 말 거다. 문득 지난밤, 하소연이 남자와 통화하며 했던 말을 떠올렸다.

"아, 그리고 그 도서관 이번 달이 지나면 문을 닫는다고 해요……."

아저씨는 그 사실을 알고 있을까. 500년 동안 그 자리에 고스란히 존재했던 철학의 나무는 이제 곧 뿌리째 뽑힐 위기에 봉착했다. 만약 그것이 자연스러운 생명의 소멸이라면 그는 그것을 억지로 거스르려 하지 않을 것이다. 식물은 자연의 법칙을 존중하기 때문이다. 그러나 이건 다르지 않은가. 인간은 무엇을 위해 그토록 파괴적으로 사고하고 행동하는 것일까. 지금처럼 뿌리가 있음이 안타까운 적이 없었다. 이것은 식물에게 흔히 일어나는 감정은 아닐 것이다. 뿌리가 없으면 우리는 금방 시들어 버리고 말 것이기 때문이다. 그 뿌리가 땅속 깊이 박혀 있기 때문에 가만히, 죽음을 기다리고 있어야만 한다니……. 어쩌면 그것이 식물의 숙명인 것일까. 지금 이 순간 나는 분명히 그것을 초월하고 싶다는 생각이 들었다.

나는 하루 종일 하소연이 퇴근하기만을 기다렸다. 오늘처럼 그녀를 애타게 기다렸던 적은 없었다. 문 너머에서 무언가 소음이 들려올 때마다 나는 그것이 그녀이길 바랐다. 발걸음 소리들, 낯선 기척들 그 모든 것이 하소연의 것이길 바랐다. 그렇게 한참을 기다림과 실망을 반복하다가 마침내 문이 열리고 그녀의 향기가 방 안 가득 차오를 때, 나는 소리쳤다.
"얼른, 얼른 철학의 나무 아저씨에 대해서 이야기해줘. 그는 어때?"
나는 갖은 노력을 다해 하소연을 재촉했으나 어차피 그것은 들리지 않을 나만의 독백에 불과한 것이다. 하소연은 쉽사리 내 궁금증을 해소해주지 않았다.

"어휴, 외투를 깜빡해서 고생했어. 아직까지 일교차가 큰 모양이야."

하소연은 스타킹을 벗고 킁킁거리며 발냄새를 한 번 맡아보더니 잔뜩 인상을 찌푸리며 말했다.

"와, 오늘도 정말 열심히 살았네!"

열심히 산다는 것과 발 냄새의 상관관계는 내게는 다소 이해하기 어려운 내용이었으나, 하소연의 발상만은 참신하다고 생각했다. 그녀는 찬물로 발을 몇 번 헹군 뒤에 비누 거품으로 발을 마사지했다. 그리곤 미지근한 물로 발을 헹군 뒤, 마지막으로 마른 수건으로 물기를 닦고는 곧장 침대로 몸을 옮겼다.

그녀는 작은 노트에 글자들을 끄적이는 일을 좋아하는 듯했다. 다른 인간들도 그런 행위를 즐기는지는 잘 모르겠으나, 아마 오늘도 노트에 연신 무언가를 적어 놓고는 내게 하소연을 늘어놓을 심산일 것이다. 아마 저기 작은 여백은 그녀의 하소연을 들어주는 또 다른 대상일 것이다.

'인간들은 여러 가지 방법으로 마음 터놓을 방법을 고심하는 군.'

나는 몸을 숙여 그녀가 노트에 적은 글자들을 바라보았다. 그곳에는 꽤나, 유연하고 가지런한 문장들이 스물스물 여백을 밀어내며 뿌리를 내리고 있었다.

'그 사람은 무지개 같았다. 내 눈에 비를 뿌린 뒤면 가끔씩 따뜻하게 바라봐주었다. 비록 비가 내리던 나날에 비하면 그 눈빛이 따뜻했던 것은 고작 며칠에 지나지 않았지만 그럼에도 나는 마냥 좋았다.'

하소연을 울게 했던 사람, 그도 가끔은 이 세계 어딘가에서 그녀에 대한 생각을 떠올리고 있을까. 그녀의 노트 속에 있던 단어들은 아마 누군가에게 전해지지 못하고 고스란히 머물러 있을 것이다. 그것은 마치 내가 하소연을 향해 뱉는 무성한 말들 과도 같지 않은가. 전해지지 않을 것이란 걸 알면서, 구태여 표현하고 있다. 잘 모르지만, 어딘가로 닿지 못하고 머물러 있는 그 문장들이 그 자체로 의미를 지니고 있다면 얼마나 좋을까. 하여 나는 바람이 불어오는 방향으로 속삭였다. 그것이 전해질지 아니면 허공 속에서 마냥 흩어져 버릴지 알 수 없지만, 왠지 그냥 말해야만 할 것 같았다. 가끔, 지금이 아니라면 결코 물어보지 못할 말들이 있어서인지도……

"화원에 있을 때 옆에 있던 녹보수 아저씨는 식물들이 인간에게 짐이 될 때 우리는 버려진다고 했어요. 철학의 나무 아저씨는 인간들에게 짐이 되어 버린 건가요? 저는 궁금해요. 꽃피지 못한 식물은 도대체 무엇인지. 식물로서의 자격이 있는지. 나는 왜 꽃피지 못하는 것인지. 그리고 사랑을 깨닫기 위해선 얼마의 시간이 필요한 것인지. 아직 궁금한 것이 너무 많아요. 아저씨가 계속해서 내 질문에 대답해줄 수 있기를 원해요."

내가 만약 진한 꽃 내음을 풍길 수 있다면 그 향기가 철학의 나무 아저씨에게 닿도록 온 마음을 담아 흘려보냈을 텐데. 나는 꽃피지 못한 그저 이름 없는 아글라오네마 식물에 불과하다. 아마도 그 옅은 향은 멀리 가지 못해 사그라져 버리겠지. 바람, 수많은 의식의 흐름이 모여 이룬 오브제. 시린 기억들이 흘러드는 곳. 바람은 많은 정적인 요소를 흩어지게 만든다. 그 사려 깊은 촉감에 흔들리는 수많은 감정을 느끼고 있으면 어느새 나는 영혼이 존재하고 있음을 믿게 된다. 어쩌면 현실에 존재하고 있다는 것은 짙은 안개 속에서 희미하게 번지는 그 알 수 없는 감정들을 애타게 더듬어보는 일이 아닐까. 지표면에 슬그머니 부유하고 있는 흰 나비들 같이, 안아주려 해도 안을 수 없는 슬픔이여 안녕. 멀어져가는 것들이여 안녕. 서서히 잊히고 있는 것들이여 모두 안녕.

아주 일반적인 서글픔

"슬픔을 반듯하게 자르면 그 단면은 어떤 모양일까. 아마 마침 표라기보단 쉼표에 가까운 모양이 아닐까. 그 경계는 말끔하게 정돈되어 있지 못하고 비스듬할 것이다. 눈물 혹은 빗방울처럼. 누가 외로움을 발견했을까. 그것을 알기 전엔 무엇이 우리를 위로해주었을까. 가끔씩은 꼭 털어내야 할 서운함이 있었다. 아무리 참아내려 해도 이내 아리고 서운하고 마음이 훅 기울어져 버릴 것만 같은, 그런 마음."

11.

하소연은 종이에 감정을 옮겨 놓은 뒤, 저녁 준비를 했다. 환기를 위해 현관문을 조금 열어 두고는 인터넷에서 본 레시피를 따라 요리를 했다. 그녀는 특히 목요일이라고 불리는 날을 좋아했다. 조금 이른 주말의 느낌이라고 말했지만, 바쁜 인간의 마음을 알 턱이 없는 나로서는 차마 그 기분을 헤아려줄 수가 없는 노릇이었다.

오랜만에 인스턴트 음식 대신 요리를 해서인지 그녀의 입술에선 기분 좋은 허밍이 흘러나왔다. 흰 쌀밥과 함께 매콤한 양념 고기 위에 숙주를 올린 식단. 그 장면을 보고 있으니 나도 목이 마른 기분이 들 정도였다. 방 안에는 온통 먹음직스러운 향이 가득했다. 작은 테이블에 요리를 옮겨 두고 곧장 밥 한 숟갈을 크게 떠서 입으로 가져가던 그때, 왠 낯선 동물이 그녀의 방 안으로 빼꼼 고개를 들이 들이미는 것이 아닌가. 아직 하소연은 그 시선을 알아차리지 못한 듯했다. 나는 초록색 잎들을 파르르 떨었다.

하소연이 세상 모르고 식사에 집중하는 사이 그 동물은 신발장까지 발을 들여놓았다. 나는 허둥지둥대며 외쳤다.
"저리 꺼져! 이 이기적인 동물!"

허나 내게는 목소리가 없기 때문에 그 모든 역정은 역시나 들릴 턱이 없는 무의미한 일에 지나지 않았다. 뒤늦게 이상한 낌새를 차린 하소연이 현관문으로 고개를 돌렸고 그녀의 동공이 크게 확장되었다. 그러더니 괴상한 소리를 지르며 달려와 휴대폰으로 사진을 찍었다.

"세상에 너무 귀여워. 네 이름은 뭐니!?"

그곳에는 경계를 다 풀지 않은 자세로 야옹 하고 울음소리를 내는 길고양이 한 마리가 있었다. 군데군데 검은 때가 가득한 것으로 보아 거리를 전전한 지 꽤나 오랜 시간이 된 것 같기도 했다. 어쩌면 태어났을 때부터 길고양이 신세였을 수도 있다. 고양이는 식물에게 다소 불편한 동물이다. 꽃을 피우는 철에는 특히나 조심해야 할 것이다. 고양이들은 향기를 맡는 척하며 잎을 뜯어먹는 경우가 많다. 우리 식물들에게 고양이는 여간 귀찮은 동물이 아닐 수 없는 것이다. 하소연은 고양이가 놀라지 않게 통조림 하나를 뜯어 현관문 앞에 두고는 다시 본래 자리로 돌아와 앉았다. 그러고는 경계를 조금씩 늦추는 고양이를 관찰하면서 희열에 찬 표정을 짓고 있었다. 아마 그녀는 그 고양이를 길들이고 싶다고 생각하는지도 모른다.

"무언가를 길들인다는 건, 그렇게 쉬운 일이 아니야."

나는 하소연에게 말했다. 비록 들리지 않을 것이 뻔하지만.

"이봐. 길고양이 양반. 누군가에게 길들여진다는 건, 그렇게 간단한 일이 아니야!"

나는 이름 없는 고양이에게 소리쳤다. 고양이는 분명 내 표현을 알아들을 수 있었을 테지만, 조금의 망설임도 없이 그것을 외면해 버렸다.

길고양이는 음식을 다 먹어 치운 뒤에는 목적을 달성했다는 표정으로 냉큼 그 자리를 떠났다. 하여간에 마지막까지 냉소적인 태도를 고수하는 저 당당함을 보아하니, 가끔씩은 고양이처럼 속 편하게 이기적인 태도로 삶을 사는 것도 나쁘지 않을 것 같다는 생각을 했다. 하소연은 빈 깡통을 치우며 길 고양이가 떠나간 방향으로 연신 고개를 들이밀었다. 그 모습이 완전히 보이지 않을 때까지 바라보고 나서야 현관문을 닫았다. 우여곡절 끝에 식사를 마치고 하소연은 설거지 거리를 바라보며 고민에 잠겼다.

"미뤄 둔다고 해도 그건 어차피 네가 해야만 할 일이야."

허나 하소연은 결심이라도 한 듯이 설거지 거리를 그대로 둔 채 따뜻한 차 한 잔을 내렸다. 이내, 김이 모락모락 피어오르는 차와 청포도 몇 알이 담긴 접시를 들고 돌아왔다. 무언가 핑곗거리를 찾는 듯 보였지만 그런 것은 크게 중요한 게 아니니까, 나는 그저 도서관 앞에 있는 오래된 플라타너스 나무에 대한 이야기를 해주길 바랐다.

"주말에 너도 같이 그 나무를 보러 가자. 그리고 소개해줄 사람이 있어."

드디어 하소연의 작고 붉은 입술에서 내가 기다리던 이야기가
흘러나왔을 때, 나는 긴장한 듯이 바짝 움츠러들 수밖에는 없
었다. 무려 500년간 그 자리에 있던 나무가 베어질 거란 소식
에 마을 사람들도 대부분 반대의 뜻을 가지고 있음을 말해주
었다. 도서관은 사라지더라도 최소한 나무는 지킬 수 있는 방
법을 다 같이 모색 중이라 했다.

"어쩌면 그건 아주 작은 희망사항이야. 무언가를 지킨다는 건,
언제나 너무나 많은 노력과 아픔을 동반하는 것 같아."

희망, 아주 작은 희망. 그녀의 말투, 어조, 분위기, 표정과 말 끝
에 옅게 내려진 새벽안개 같은 한숨으로 말미암아 나는 그 오
래된 나무를 지키고자 하는 행위가 정말로 아주 작은 희망과
같은 일임을 짐작할 수 있었다.

"실은 나도 지키고 싶은 사람이 있었는데, 아주아주 오랫동안
함께하고 싶은 사람 말이야. 함께하기를 바라면 바랄수록, 멀
어져가는 그 모습을 보면서 때로는 어쩔 수 없는 현실이 있다
고 인정하게 되어 버린 것 같아."
그 말을 듣고서 나는 하소연에게 묻고 싶었다.
"현실을 인정한다는 건, 희망이 없다고 생각하는 것과 같은 일
이야?"
허나 역시나 내게는 목소리가 없기 때문에 그 말은 그녀에게

닿지 않을 것이다. 나는 자괴감에 빠졌다. 서글퍼졌다. 동시에 이 무너뜨릴 수 없는 자연의 섭리 앞에서 나는 고개를 푹 숙였다. 여기 이 대화 속에 내가 있는데, 분명히 귀를 기울이고 있는데 그녀가 혹, 내가 부재하고 있다고 느끼면 어쩌나 하는 두려움마저 느껴졌다. 어쩌면 이 감정은 식물로서는 가당치도 않은 벅찬 것인지도 모르겠지만…….

"실은 어떤 것과 멀어질 때, 나를 가장 아프게 하는 것은 그것의 가장 사랑스러웠던 부분이야. 그것들은 시간이 갈수록 더욱 나를 외롭게 만들어. 이제는 멀어지는 것을 염두에 둔 채로 관계를 지속해 나가게 되어 버린 것 같아. 너무 아팠으니까. 다시 그 아픔을 견딜 정도로 나는 강한 사람은 아니니까."

어쩌면 그녀에게 필요한 것은 아무런 대답도 없는 식물 따위가 아니라, 표정으로 그리고 언어로 그녀의 말에 반응해줄 수 있는 따뜻한 사람은 아닐까. 지금, 내 앞의 여자는 어딘가 기댈 곳이 필요해 보였다. 아니, 그녀뿐 아니라 세상의 모든 존재는 기대어 쉴 곳이 필요하다. 내게 인간의 손과 목소리가 있었다면 그녀의 어깨를 슬며시 다독여주며 말했을 텐데.

"굳이 강한 사람이 되려고 노력할 필요는 없어. 단단하다고 해서 외로움을 모르는 건 아닐 테니까."

나는 지난봄의 기억을 떠올렸다. 화원은 온통 꽃향기로 가득했고, 그 꽃 내음에 이끌려온 수많은 나비와 곤충은 한바탕 축제 분위기를 자아냈다. 주변이 온통 웃음과 미소로 봄의 전언을 알릴 때, 나는 태어나 처음 단절이란 감정을 경험했던 것이다. 아직 스스로의 꽃을 피울 시기가 오지 않은 식물들도 봄의 온화한 미소 앞에서 초록빛 미소를 띄우며 그 풍경 속에 한껏 무르익어갈 때, 나는 이 세계와 내가 전혀 동떨어져 있는 것 같은 묘한 기분을 느꼈다.

"나는 무려 꽃을 피우기 위해 태어난 존재인데 어째서 내게는 그 축복이 허락되지 않는 걸까?"

나는 바람결에 그 여윈 마음을 띄워 보냈다. 어디로 흘러가는지 알 수 없는, 차마 그 모든 과정의 끝에는 무엇이 있을지도 모르는 계절과 날씨의 흐름 속에서 나의 작은 씨앗은 어떤 의미를 지니고 있는 걸까. 그 모습을 본 녹보수 아저씨가 안쓰러운 듯, 내게 말했다.

"진정한 친구를 만나게 되면 너는 꽃피우게 될 거야. 운명적 개화 시기는 모두에게 다르게 일어날 수 있단다. 계절은 반드시 다시 돌아온단다. 봄은 여기서 끝나지 않아. 언제나 아쉬움을 남기지."

녹보수 아저씨의 말을 애써 못들은 척하며 깊은 상실감에 허덕일 때, 나는 지금까지 전혀 느껴본 적 없는 깊이의 고독 속에서 홀로 동떨어져 있는 듯한 기분을 느꼈다.

아련한 기억에 잠겨 있던 사이, 하소연은 어느새 침대에 누워 잘 준비를 하고 있었다. 머리맡에 있던 작은 등을 끄고 벽으로 돌아누워 여느 때와 다름없이, 큰 뒤척임도 없이 그대로 꿈속으로 잦아들 모양이다. 그러나 나는 조금 더 그녀의 이야기를 듣고 싶었다. 아니, 조금 더 나의 이야기를 전하고자 노력해볼 여지를 누리고 싶었다. 허나 우리에게 그러한 소통은 진정 불가능한 사유가 아닌가. 나는 속으로 '이것이 외로움이란 거구나' 하고 느꼈다. 그 독백이 그 순간의 나를 대변하는 전부였다. 그 순간의 나는 비유나 은유 따위가 아니라 문자 그대로 외로움, 그 자체에 가까웠다.

바로 그때 새벽의 처연한 적막을 너머 하소연이 내게 말했다. "고마워. 네가 있어서 참 다행이야. 늘 내 이야기를 잘 들어주는 네가 있어서 참 다행이야. 햇볕을 쬘 수 있도록 알맞은 장소로 너를 옮길 때, 네게 수분을 제공해주기 위해 분무기로 방안의 공기를 적실 때, 생기를 찾아가는 너를 보면서 나는 꽤나 쓸모 있는 사람이 되는 것 같아."

그 한 마디로 인해 그 흔한 꽃 한 송이 없는 나의 그림자는 자유로워진다. 문득 하소연을 껴안고 싶은 밤이다. 나는 제일로 싱싱하고 건강한 잎사귀 하나를 과감히 내던졌다. 유연하게,

무언의 고백이 탄로날까 노심초사하며 그 잎 하나가 그녀의
발끝에 닿았을 때, 비로소 나는 외롭지 않았다.

12.

식물에게 밤은 흥미로운 시간이다. 세상의 소리가 모두 잠든 시간, 그때가 되면 바람의 소리에 온전히 마음을 기울일 수가 있다. 오늘은 또 어떤 이의 한 마디가 동이 틀 무렵의 햇살과 함께 모락모락 피어날까. 뜻 모를 설렘에 휘감겨 나는 밤의 소리에 나를 누인다. 맥박이 가늘게 길어지고 이름 모를 감정들이 선명해진다. 길 잃은 감정이 서툰 걸음걸이로 주변을 서성이다 이내 이슬처럼 마음 언저리에 고인다. 아슬아슬한 바람의 음성이 창백하게 굳어 있던 나를 끌어안고, 햇살처럼 누군가의 목소리가 내려앉는다. 그것은 어쩌면 외부의 음성이 아닌 내 안의 독백인지도 모른다. 마치, 처음으로 오래 기억에 남을 꿈을 꾼 것만 같았다.

"꽃잎은 낙화하며 눈을 질끈 감는다. 가까스로 참았던 눈물 한 방울만큼 조용하다. 아름다운 것들은 그렇게 짧은 순간에 아무런 말도 없이 떠나가곤 한다. 실은 그래서 아름다운 것이다. 홀연히, 저 멀리 다시는 닿을 수 없는 곳으로 떠나가 버리기 때문에."

13.

주말 아침, 하소연은 이른 아침부터 일어나 조금 긴장된 얼굴로 준비가 한창이다. 심지어 그녀는 내게 물을 주는 일도 잊은 채로 연신 거울을 바라보며 스스로를 치장하기 급급했다. 그 모습을 보고 있으니 덩달아 내 맥박도 급하게 뛰는 듯했다. 그녀는 나를 품에 안고 가볍게 걸음을 옮겼다. 가까이서 느껴지는 심장의 음파가 다소 상기된 나의 잎사귀들을 가지런히 다독여주는 것만 같았다. 버스 창가 자리에 앉아 거리의 풍경들을 보고 있으면 이상한 기분이 든다. 시간으로부터 잠시 빗겨나간 느낌. 설명하기는 어렵지만 아련하고 슬픈 예감이 들었다. 도서관 입구에 들어서니 철학의 나무 아저씨의 곁에는 밝은 노란색 리본이 묶여 있었다. 그 모습에 햇살이 닿자 마치 세상의 모든 나비가 그 곁에서 하늘하늘 날개짓을 하는 듯한 분위기를 자아내고 있었다.

"화원에 있을 때 옆에 있던 녹보수 아저씨는 말했어요. 우리 식물들이 인간에게 짐이 될 때 우리는 버려진다고 말이에요. 철학의 나무 아저씨는 인간들에게 짐이 되어 버린 건가요? "
"헤밍웨이는 이렇게 말했지. 희망을 버리는 것은 죄악이라고 말이야."
"아저씨, 어떤 식물들의 말로는 희망은 인간들이 만들어낸 터무니없는 헛소문이라고 그랬어요. 심지어는 대부분의 인간들도 희망을 믿지 않는 것 같아요."
나는 조금 격앙된 어조로 말했고, 철학의 나무는 그런 나를 보며 인자한 미소를 지었다.

"희망은 누가 만들어낸 것이 아니란다. 우리가 이곳에 태어났을 때, 이미 그 자리에 있던 것들이지."
나는 그 말을 속으로 읊조렸다.
'만들어낸 것이 아니라, 이미 그 자리에 있던 것들…….'

"희망은 세상 모든 존재들에게 빛과 같단다. 희망이 있다는 믿음은 허황된 꿈이 아니라, 세상을 조금 더 즐겁게 살아갈 수 있는 능력인 거야."
"사람들은 가끔씩 도저히 이해할 수 없는 행동들을 해요. 생태계에 너무나도 폭력적인 일들을 아무렇지도 않게 실천에 옮기는 것 같아요. 우리가 없으면 그들도 머지않아 존재할 수 없을 텐데, 사람들은 당장 눈앞의 이익에 온통 정신이 나가 있는 것 같아요. 아저씨는 그들이 밉지 않아요? 아저씨는 곧 뿌리째 뽑히거나 밑동이 잘려나갈지도 몰라요. 사람들에 의해서 말이에요. 거기에 도대체 무슨 희망이 있단 말이에요?"
"어린 아글라오네마야. *한 철학자는 이렇게 말했단다. 인간이 무한을 생각하며 부조리와 모순에 쉽게 빠져드는 것은 인간의 정신이 유한하다는 점을 고려하면 전혀 이상할 것이 없다고

67

말이야. 나를 이곳에 심어준 것 역시, 인간이란다. 그들의 폭력성은 내면의 불확실함에서부터 비롯된 거지. 그들은 그저 두렵고 불안한 거야. 자기 자신을 잘 알고 있다고 느끼지만 사실 그들은 따뜻한 관심이 필요한 서툰 존재야. 사람들의 거친 행동들을 우리는 안아주어야 한단다."

"왜죠? 왜 우리가 다 이해하고 받아들여야만 하는 거죠?"

"우리는 인간에게서 사랑을 배웠으니까. 비록 밑동이 잘리더라도 사랑을 받았으니까. 사랑은 뿌리째 뽑히더라도 의심해서는 안 되는 거란다."

철학의 나무 아저씨는 웃고 있었다. 확신에 찬 모습으로 햇살을 등지고 내게 말하였다. 사랑은 뿌리째 뽑히더라도 의심해서는 안 되는 것.

내가 철학의 나무 아저씨와 대화를 하고 있던 사이 하소연에게 전화 속 음성의 남자가 다가왔다. 남자는 그녀에게 커피 한 잔을 건네었고 둘은 가볍게 인사를 나눴다. 아직 약간의 어색함이 머물러 있었지만 그렇게 불편한 기색은 보이지 않았다. 남자는 놀란 표정으로 말했다.

"화분이네요?"

"네. 얼마 전부터 함께 지내기 시작했어요."

남자는 나를 자신의 눈높이만큼 들어올리며 말했다.

"아글라오네마, 소연 씨랑 잘 어울리는 식물인 것 같아요."

나는 낯선 이의 손길에 당황하여 뿌리에 머금던 물을 놓아 버렸고 그 탓에 남자의 옷은 꽤나 축축하게 젖어 버렸다. 그 모습에 하소연은 웃었고 남자는 당황하며 말했다.

"아직 친해지려면 더 시간이 필요한가 봐요."

그 웃음으로 말미암아 긴장이 꽤나 가시고 난 뒤, 그들의 시선이 닿은 곳은 오래된 나무 한 그루였다.

"어떻게 될 것 같아요?"

남자는 플라타너스 나무를 바라보며 입을 열었다. 그 음성이 그들 사이의 적막을 밀어내자 이윽고 하소연은 그의 옆모습을 바라보며 대답했다.

"그 자리에 있다가 사라져 버린 것들의 빈 자리는 무엇으로도 채워 놓을 수가 없는 노릇이니까요……. 많이 그리워질 것 같아요. 어떻게든 해볼 수 있진 않을까요. 터무니없어요. 이렇게 많은 이의 소중한 추억 하나가 사라진다는 건 말이에요."

하소연은 다시 고개를 돌려 플라타너스 나무에서 조용히 떨어지는 작은 잎사귀를 바라보았다. 가지 끝에서 유연하게 대지를 향해 떨어지는 잎의 선율 속에서 그녀는 알 수 없는 망설임을 느끼고 있었다.

"저 나무가 베어진다고 해서 이곳에서 함께했던 추억들도 다 사라지는 걸까요?"

남자의 한 마디에, 하소연은 커피 잔을 살짝 깨물었다.

"물론 이 나무를 지키기 위해서 우리는 최선을 다해야 할 거예요. 그렇지만 우리 너무 실망하지는 않기로 해요. 눈에 보이지 않는다고 해서 다 사라지는 것이 아니니까."

나는 그 둘 사이에서 오고 가는 음성을 들으며 내부에서부터 떨려오는 묘한 감정을 느꼈다. 쓰리고, 건조했지만, 따뜻한…… . 사람들은 아마도 이런 느낌을 두고 '공감'이라고 하는 듯했다. 나는 그때 그 두 사람에게 공감했다. 다만 다 이해했다는 뜻은 아니다. 나 역시도 가늘게 흔들렸다는 말일 뿐. 불현듯 추억이라는 단어 속에 포함된 그 수만 겹의 바람들이 그들을 시간 속에서 해방하는 듯한 기분을 느꼈다. 두 사람은 지금, 이곳에서 어느 날의 시간들을 불러일으키고 있었다.

"그러게요. 추억은 희미해질수록 더 아름다워지는 것 같아요. 너무 멀어서 더는 기억으로도 더듬어보기 힘든 시간이 되면 추억은 무엇보다 아름다운 빛을 발하는지도 모르겠어요. 아빠가 돌아가시고 나서는 그렇게나 아팠는데, 지금은 함께했던 즐거웠던 순간들이 더 많이 기억되는 것을 보아하니. 그 순간으로부터 많이 멀어졌나 봐요."

한동안 아무 말도 없이 두 사람은 오래된 나무와 그 주변에서 뛰어 노는 아이들, 책을 읽는 어른들과 가만히 사색에 잠겨 있는 사람들을 바라보고 있었다. 꽤나 오랜 시간, 그렇게 아무런 말도 없이. 그 침묵은 따뜻했다. 시끄러운 말과 과장된 억양들보다 자유로웠다.

*조지 버클리

70

14.

철학의 나무 아저씨는 내게 말했다.

"내게 사랑은 기다려주는 것이었을 뿐, 다가서는 일은 아니었지. 나무라는 운명을 타고난 순간부터 내게 사랑은 기다리는일이었던 모양이구나. 어떤 사물 혹은 어떤 생각들은 내게 말했지. 아무렇게나 기다리는 건, 어떤 보람도 없는 따분한 행위에 불과하다고. 그러나 끝으로 다가설수록 다른 생각이 드는구나. 아무런 대가도 없는 기다림이야말로 진정한 사랑이라고말이야. 나는 사람을 사랑한 적이 있단다. 아니, 지금도 그를사랑하고 있지. 그를 기다리고 있단다. 내게 사랑은 기다림이야. 가만히 이 자리에서, 피고 지는 거야."

그때 나는 알 수 있었다. 철학의 나무 아저씨도 언젠가의 하소연이 그랬던 것처럼 눈물이라는 위로가 필요하다고. 그래서나는 오늘은 막연히 비가 내렸으면 좋겠다는 생각을 했다. 토닥토닥, 우리의 맥박을 다독여주는 하늘의 눈물이 대지를 적셔주었으면 하고 바랐다.

"언젠가 자동차 사고로 안타깝게 생을 마감한 *작가는 이렇게말했지. 사랑받지 못하는 건 운이 없는 일에 불과하지만 사랑하지 못하는 것은 진정 불행한 일이라고 말이다. 그런 의미에

71

서 내게 기다림은 행복이야."

"철학의 나무 아저씨, 그럼 아저씨는 어떻게 처음 사랑을 깨닫게 되었나요? 당신에게 물을 주는 누군가의 마음에서 사랑이 싹트기 시작했나요? 저는 꽃이 없어요. 누구도 나를 사랑이라는 이유로 바라봐주지 않을 거예요."

"아무리 화려한 꽃을 피운다 한들 그것이 다 무슨 소용이겠니. 어차피 사랑이 아니라면 그저 빈껍데기에 불과한 것을. 꽃이 피지 않아 사랑받지 못한다는 생각 같은 건 지난 계절 속에 묻어 버리려무나. 진정한 사랑은 화려한 꽃 없이도 무엇보다 향긋한 법이니까."

사랑이 아니라면 그저 빈껍데기에 불과한 것을. 나는 실로 그 뜻을 헤아릴 수가 없었지만, 언젠가 그 말에 동의하게 될 때 이 세계에는 비가 내렸으면 좋겠다는 생각을 했다. 빗방울은 작게 부서지며 사물에 반짝임을 더해주니까. 사랑을 깨달았을 때, 세상이 온통 빛으로 물들었으면 하는 마음에서.

*알베르 까뮈

15.

남자는 하소연에게 반듯하게 접힌 종이 하나를 건네며 말했다.
"지난번, 독서 모임에서 이야기했던 것에 대한 내 생각을 좀 적어봤어요. 아무래도 말로 하는 것보단, 글자로 적는 편이 좋을 것 같다는 생각이 들어서……."
남자는 쑥스러운 듯 고개를 숙였다. 그 모습을 보고서 하소연도 덩달아 얼굴이 붉어졌다.

"왜 말 대신 글로 전해주는 게, 더 좋을 것 같다는 생각을 했어요?"
"글쎄요. 가끔은 같은 뜻이라고 해도 말보다는 글로 전하고 싶은 내용들이 있잖아요. 실은 여기에 적혀 있는 글자들이 말을 대신하고 있는 건 아니에요. 글은 말의 대신이 아니라, 그 자체로 의미 있는 언어인 거예요. 편지를 쓴다는 건, 한 획을 그으며 생각에 잠기고, 구두점을 찍으며 마음을 다독이는 일이잖아요. 번지지 않게 가벼운 호흡을 뱉으며 마침내 다시 한 번 읽어 내려가는 일까지 잊어선 안 돼요. 그런 과정은 말에는 포함되어 있지 않으니까 그래서 가끔씩 글자로 마음을 전하는 일은 중요한 것 같아요. 그 속엔 말로 전할 수 없는 것들까지 다 담겨 있으니까요."
 하소연의 얼굴에 햇살처럼 미소가 내려앉았다. 그들은 앉아서 수더분한 대화들을 주고받았다. 여기, 이 공간이 그리고 저 오래된 나무가 사라진다는 것은 차마 믿기 어려울 정도로 그 둘의 모습은 자연스러웠다. 남자가 여자에게 쓴 편지는 어떤 내용이 담겨 있을까. 해가 저물어갈 때 즈음이 되어서야 그들은 자리에서 일어났다. 두 사람은 멀어지면서 연신 뒤를 돌아봤다. 그리고 어느덧 서로의 표정을 제대로 알아볼 수 없는 거리가 되어서야 하소연은 내게 말했다.

"좋은 사람인 것 같아."

지금 남자와 여자 사이에 존재하는 거리는 어떤 의미일까. 멀어졌지만 둘은 연결되어 있는 듯한 기분이 들었다. 눈으로 보이진 않지만 느낄 수 있는 인연의 끈과 같은 것으로. 그것은 진심으로 마음을 나눈 자들만이 나누어 가질 수 있는 또 하나의 언어가 아닐까. 소리도, 움직임도 느껴지지 않지만 분명 존재하는 무색무취의 단어. 이를테면 사랑.

끝내 하소연은 다시 걸음을 돌려 방금 전 앉았던 자리에 앉아 편지를 펼쳐보았다. 아마도 그들이 머물렀던 장소가 그 대화가 무르익었던 공간이 편지에 담긴 내용이 펼쳐지기 가장 알맞은 곳이라는 생각을 했는지도 모른다. 하소연은 소리 내어 편지를 읽었다. 또박또박, 하나의 글자도 길을 잃지 않도록.

"안녕하세요. 소연 씨. 얼마 전, 소연 씨가 혼잣말처럼 했던 말이 내내 마음에 남아서 이렇게 편지를 씁니다……"

나는 철학의 나무 아저씨와 마주보며 그 소리에 귀를 기울였다. 편지를 다 읽고 하소연은 평온한 표정을 지은 채 노을을 바라봤다. 거리 위에는 어느새 짙은 어스름이 내려앉아 있었다. 그 모습을 보며 나는 철학의 나무 아저씨에게 물었다.

"이 여자아이의 웃음은 어떤 의미일까요?"
"평온해 보이는구나. 문장 하나, 말 한마디의 힘은 실로 위대하지. *한 철학자는 이렇게 말했단다. 아직까지도 현대 과학은 다정한 말 몇 마디보다 더 효과적인 안정제를 만들어내지 못했다고 말이야."

하소연은 그날 잠이 드는 순간까지 얼굴에 열은 미소를 드리우고 있었다. 본인은 눈치채지 못했겠지만 그녀가 이토록 가슴 깊숙한 부분까지 웃고 있는 모습을 나는 본 적이 없다.

정말이지 그 무엇보다 인간에게 효과적인 안정제, 따뜻한 말 한마디.

*지그문트 프로이트

16.

새벽이 찾아왔다. 나는 달빛과 둘이서 독대하며 이 고독을 즐긴다. 하소연이 잠들기 전 향초를 피운 덕에 방 안에는 제법 그윽한 향기가 맴돌고 있었다. 이 순간의 감정을 차마 환기시키기 아쉬울 정도로 새벽은 가끔씩, 영원히 지속되었으면 하는 기분을 불러일으킨다. 그리하여 나는 달에게 물었던 것이다.

사랑이 무엇이냐고. 그것을 가지려면 어떻게 해야 하냐고.

달은 지긋이 나를 바라만 볼 뿐이었지만 때때로 그것은 햇살보다 더욱 마음 깊이 와닿을 때가 있다. 나는 그 짙은 여운 속에 온전히 나를 누이며, 어느새 사랑을 갈망하는 식물이 되어 있었다. 생태계에 다소 교란종으로 불리울 수도 있으나 부정하고 싶은 생각은 없다. 식물은 거짓을 말하지 않기 때문에, 만약 나의 타고난 운명이 꽃피지 못한 채로 사랑을 꿈꾸는 쓸쓸한 영혼이라면 나는 기꺼이 그 길 위에서 흩날리며 비에 젖고 햇살을 머금을 것이다. 나는 다시 한 번 물었다. 용기를 내어. 달에게 외쳤다. 비록 내게는 목소리가 없지만 말이다.

"저도 사랑을 소유할 수 있을까요?"
"소유하기 위해선 실체가 있어야만 하겠지. 어떤 형태나 윤

곽을 지니고 있어야만 하겠지. 그러나 사랑에 그러한 것은
없단다."

"그럼 모든 사랑은 구체적이지 않고 애매모호한 것인가요?"

"어린 아글라오네마야. 사랑은 추상의 영역에 있단다. 그러나
그렇기 때문에 무한한 것이지."

"그럼, 사랑하는 이들 모두는 단지 무언가의 허상만을 쫓고 있
을 뿐인가요?"

나는 잔뜩 풀이 죽어 버렸다. 혹시나 사랑은 존재하는 것이 아
닌 막연한 환상에 지나진 않을까 해서.

"사랑은 사물로 대변되는 것은 아니란다. 그건 무언가를 느끼
는 마음에 있고, 무언가를 행하는 움직임에 담겨 있을 뿐이지.
사랑은 사랑하는 것을 통해서만 드러날 뿐, 다른 무엇으로 그
것을 가두어 둘 수는 없단다."

그 말이 내게 스며들었을 때, 달빛에 비친 나의 실루엣이 하소
연의 머리맡에서 하늘하늘거리는 것을 보았을 때, 나는 어렴
풋이 느끼고 있었다. 요컨대 사랑이라고 하는 것은 틀 안에 갇
혀 있는 개념은 아니라고, 그것은 이렇게 지긋이 바라보고 온
전히 느끼는 것일 뿐이라고.

"꽃을 피우지 못한다 한들, 사랑을 모르는 것은 아니지. 세상
모든 것들은 사랑할 자격과 사랑받을 자격을 골고루 가진 채
로 태어난 날 뿐이야. 그러나 어떤 이들은 그 사랑을 단지 소

유의 방식으로 이해하려 하지. 그것은 위험한 생각이고, 꽤나 치욕스러운 일이야. 사랑을 소유한다는 말은 사랑을 구속하여 감금한다는 말과도 같단다. 부디 사랑과 마주하는 날이 오거든 가두어 두려 하지 말고 인정해주거라. 어떠한 순간에도 사랑은 닫혀 있지 않단다. 사랑을 행하는 때에 자기 자신은 모든 것으로부터의 해방을 경험하지. 그것이야 말로 사랑의 본질이란다."

달빛은 어떠한 문장들보다 은유적이다. 만약 세상 어느 누구도 서로를 차마 이해하지 못하는 순간이 온다 할지라도 최소한 달의 음성은 우리 각자의 내면을 이해해주는 마지막 불빛으로 저 어두운 밤하늘을 밝히고 있을 것이다. 사랑은 소유해야 하는 것인가 아니면 보란듯이 그 상태로 존재하고 있어야 하는 것인가. 지극히 관념적이고 희미한 감정에 대해서 모두 다른 방식, 다른 어조로 느끼고 있을 뿐이다. 아마도 사랑은 모두에게 다른 방식으로 쓰여지고 있는 것일 터, 식물의 사랑은 건강하게 뿌리를 내리고 향긋한 색을 발하며 누군가를 기다리는 일, 사람에게 사랑은 대상이 활짝 피어오를 수 있도록 적당한 온도를 구성하고 알맞은 수분을 제공해주는 일.

공통점이 있다면 그 모든 행위가 상대를 위하는 것임과 동시에 분명, 나의 행복이라는 것은 아닐까. 그렇다면 비록, 사랑의 방식은 무한할지라도 그 본질은 하나다. 그것은 행함으로써

기쁨에 취하고 그 감정을 누리며 서로가 더 나은 삶을 꿈꾼다
는 것이다.

모든 고독의 목적

"그 모든 고독이 온전히 당신을 만나기 위한 과정이었다면, 정말로 그렇다면 나는 못내 눈물로 흐려지던 그 가슴 아픈 순간들까지 영원히 간직할 것입니다."

17.

며칠 동안, 평소와 별반 다르지 않은 하루가 이어졌다. 하소
연은 아침이면 일어나 급히 출근을 했고, 나는 그 모습을 보
며 햇살에 몸을 말렸다. 어둠이 스물스물 내려와 방안이 까맣
게 물들어갈 때면 단단하게 닫혀 있던 문이 어느새 열리고 축
처진 어깨를 이끌고 그녀가 들어왔다. 퉁퉁 부은 발 때문에 잘
벗겨지지 않는 신발을 어렵사리 벗어 던지고 여느 때처럼 찬
물로 발을 씻는다. 머리를 질끈 묶고 하루 종일 자신을 덮고
있던 화장기를 지워내며 깊은 한숨……. 그 정적이고 따분한
일상이 지속되면서 하소연은 내게 아무 말도 하지 않은 채 잠
에 드는 날이 잦아졌다. 나는 그녀가 내게 처음 했던 말을 떠
올렸다.

"너는 집이라는 말을 아니? 그건 세상에서 가장 안전한 장소를
뜻해. 환영해! 이제 이곳이 너의 집이야."

빨래를 돌린 줄도 모르고 깊은 잠 속으로 곯아떨어진 그녀를
보며 나는 속삭였다.

"부디 이곳에서 만큼은 마음의 짐들, 무거운 생각들, 지친 일상
과 현실의 덧없음으로부터 벗어날 수 있기를 바라. 여긴 가장
안전한 곳이니까. 좋은 꿈꿔!"

이윽고 날이 밝아오자 하소연은 짝이 맞지 않는 양말을 신고

서 출근을 해야만 했다. 평소 같았으면 그녀는 그런 작은 부분들에 큰일이 난 듯, 호들갑을 떨었겠지만 체념이라도 한 듯 아무렇지도 않게 집을 나서는 그 뒷모습이 오히려 더 쓸쓸하게 다가왔다. 따뜻한 말 한마디라도 전할 수 있다면 좋으련만, 내게는 목소리가 없다. 부질없다고 할지라도 말하고 싶었다.
"걱정 말고 천천히 돌아와. 나는 기다리는 걸 잘하니까."

그날 밤, 하소연은 알코올을 잔뜩 머금어 심각한 악취를 풍기는 채로 돌아왔다. 어지러운 듯 연신 머리를 감싸쥐더니 이내 냉수 한 잔을 마시고는 곧장 나를 향해 오는 것이 아닌가.
"제길, 떨어져. 너는 지금 굉장히 고약한 냄새가 나!"

하소연은 나를 끌어안고 어눌한 억양으로 말했다.
"배려를 했는데 약자가 되어 있었고 용서를 했는데 미련한 사람이 되어 있었어. 오늘 같은 날엔 이렇게 술에 취해 푸념이라도 늘어놓아야만 할 것 같은데, 이제는 누군가에게 이런 말을 털어놓는 것조차 겁이 나는 거 있지. 이해받지 못할 것 같아서 주섬주섬 속으로만 삼킬 뿐이야. 있잖아, 가만 보면 인생은 지나치게 우스꽝스러워. 상식을 통해서 어떤 인과관계를 찾는 건 다소 무리가 있는 것 같아."
그 말을 하는 순간, 그녀는 울지 않았다. 마냥 눈물로 씻겨 내려갈 감정은 아니기 때문인 걸까.

"아니, 왜 그렇게 사람이 없을 때 남의 흉을 보는 거야? 같이 일하는 동료인데 굳이 그렇게 남을 헐뜯어야 할 이유가 있는 거냐구!"

하소연은 했던 말을 몇 차례나 반복한 뒤에야 다음 내용을 말하는 행위를 되풀이했다. 그것은 강조하기 위해서라기보다는 순전히 그 말을 했다는 사실을 인지하지 못했기 때문일 것이다.

"내가 물어봤어. 왜 그렇게 나를 미워하냐구. 그러니까 뭐라고 하는지 알아? 그냥 이유 같은 건 없대. 이유 없이 그냥 내가 싫대!"

하소연은 화장도 지우지 않은 채 잠에 곯아떨어져 버렸다. 그리곤 평소 일어나야 할 시간보다 한참을 늦게 일어나서는 벌에 쏘인 어린 소녀 같은 표정을 지으며 다시 헐레벌떡 회사로 향했다. 나는 작은 인형 하나와 나란히 협탁 위에 놓여진 채로 그 모습을 바라만 봐야 했다. 지난밤, 드레스를 입고 생글생글 미소 짓고 있는 공주 인형의 머릿결을 연신 쓸어 넘겨주며 그녀가 했던 말을 떠올렸다.

"아무도 내게 괜찮을 거라고 말해주지 않아."

나는 그녀가 걱정되었다. 인간의 현실은 동화처럼 밝지 않으니까. 하소연은 동화를 좋아했다. 여유가 생길 때마다 매번 같은 영화를 보며, 밝은 음악을 따라 불렀다. 그 순수한 음정들 사이에서 그녀가 웃고 있을 때면 나도 덩달아 신이 나 잎사귀들을 바들거리곤 했었는데……. 어쩌면 동화라고 하는 것은 막연한 낭만이 남아 있는 마지막 피난처가 아닐까. 그 속에선 여주인공이 눈물을 흘리면 백마 탄 왕자님이 찾아와 그녀의 손을 잡아주거나, 착한 마녀가 등장해서 여자의 모습을 화려하게 꾸며주기도 한다. 그러나 분명 동화적 판타지가 현실에서 일어날 가능성은 아주 작은 희망에 불과할 것이다. 심지어는 때때로 사람들이 자신의 삶에서 종종 주인공이 아닌 조연에 불과한 것은 아닐까 하는 생각이 들기도 했다.

그녀가 간절하게 바라던 말을 끝내 전할 수 있었다면 오늘, 그녀의 삶은 한결 가벼워질까. '괜찮아. 너는 괜찮을 거야.' 그 말을 전할 수 있다면 좋으련만.

"아무도 내게 괜찮을 거라고 말해주지 않아."
"괜찮아. 너는 괜찮을 거야."
"아무도 나를 안아주지 않아."
"달빛이 네게 스며들고 있잖아. 이 밤의 윤곽이 너를 꼭 보듬어주고 있잖아."

오늘 그녀의 뒷모습은 진눈깨비 같았다. 끝내 눈이 되지 못하고 내리는 불완전한 구체, 비도 바람도, 눈도 아닌 무엇, 닿으면 녹아 버릴까 이내 다가서지도 못하는 그 쓸쓸하고 어눌한 속마음 같은 고요. 놓쳐버릴까 머뭇머뭇 노심초사하여 움켜쥔 가슴에는 서늘한 그리움만이 남아 있다. 어쩌면 그것은 그녀가 끝내 외면하고 싶었던 삶, 그 자체에 대한 연민일 것이다.

"네 삶을 아름답게 만드는 것은 바로 너 자신이야. 누구도 너에게 함부로 상처를 입히도록 내버려 두지 마."
나는 읊조렸고 조용히 문이 닫혔다.

18.

따뜻한 인간은 멸종의 과정을 겪고 있다. 실은 인간은 그들의 인간다움을 상실한 지 패나 오래되었는지도 모른다. 그러니까 인간들은 겉으로만 뜨거운 심장을 지니고 있다. 그 속에선 뿌리에서부터 썩어가고 있는 심각한 사랑의 결핍을 껴안고 있는 것이다. 사랑과 존중이 없다면, 인간은 숨을 쉬고 있을지라도 결단코 부재한 상태로 남아 있을 뿐이다. 왜 사람들은 그것을 모르는 것일까? 그들에겐 분명 스스로의 현실을 깊이 들여다볼 계기가 필요하다. 예컨대 모든 꽃피는 식물들의 숙명은 그 꽃잎과 작별해야만 한다는 사실이다. 우리는 본능적으로 그 사실을 인지한 채로 살아간다. 잃으면서 얻는다는 말, 이별. 그것으로 식물은 스스로를 관철한다. 지나온 계절들을 되돌아본다. 더욱 더 성숙한 씨앗을 품기 위해서 말이다.

창밖을 바라보며 나는 그녀를 떠올렸다. 누군가를 걱정한다는 것, 그것은 스스로 나약해짐을 인정하는 일이다. 그 사람의 몫까지 함께 아파해야 한다는 것은 실로 엄청난 노력과 체력을 요구하기 때문이다. 허나 그럼에도 불구하고 나는 그와 같은 행위를 하고 있다. 그녀가 없다면 내게 물을 줄 누군가가 사라져 버리기 때문일까? 선뜻 답을 내릴 수는 없었다. 나는 그저 눈물마저 텅 비어 있을 하소연에게 이 말을 전해주고 싶었던 것이다.

"너는 왜 자기 자신을 위해 살지 못하고 다른 무언가를 위해 그렇게 헌신하고 있는 거야. 으이구, 정말이지 바보 같은 하소연. 네 가치를 인정받지 못하면 네가 아무리 헌신하고 있다 한들 그들은 결코 너를 인정해주지 않아. 너는 선택을 해야만 해. 너는 인간이야. 인간은 자유롭고 싶은 욕망과 그 자유를 직접 누릴 수 있는 육체를 가지고 있잖아. 너는 왜 구태여 그 황홀한 축복을 마다하는 것이니. 우리 식물은 그렇지 못하지만 너는 그럴 수가 있잖아. 우리는 꺾인 줄기를 스스로 바로잡을 수 없지만 인간은 그럴 수 있잖아. 틀린 것을 바로잡을 수 있고, 넘어지면 다시 스스로 일어설 수 있잖아. 홀로 설 수 없다는 그 뿌리 깊은 두려움에서 벗어나야만 해. 너의 그 지독한 무기력함에 대한 근본적인 원인도 그 해결책도 모든 열쇠는 바로 네 안에 있는 거라구."

그러나 나의 목소리는 결코 그녀에게 닿지 않을 것이다. 나의 사랑은 한낱 벙어리일 뿐이니까.

19

별안간 하소연은 툭 건드리기만 해도 증발해 버릴 듯, 메마른 얼굴을 하고 돌아왔다. 실은 슬픈 표정을 짓고 있던 것은 아니었다. 그녀의 얼굴엔 어떤 감정도 드러나 있지 않았고, 그 의식의 끄트머리에서 소실되어 버린 감정들은 끝내 그녀가 가장 두려워하던 느낌이었을 것이다. 더는 아무런 불평도 하지 않았지만 그것은 자신의 삶이 금세 개운해졌다거나 그 모든 불안에 초연해진 것과는 동떨어진 개념이었다. 그녀는 자기 스스로 쓸모없음을 인정해 버린 것만 같았다.

그녀는 그날, '나는 쓸모없어!' 하고 자신의 속마음을 털어놓지 않았다. 실은 매번 그렇게 자신을 낮추어 말했던 까닭은 부정하기 위함은 아니었을까. 그 마음으로부터 도망치기 위해 자기 속에 있던 감정을 뱉어내려 애쓴 것은 아닐까. 사실, 감정도 씨앗처럼 싹이 트고 성장을 하니까. 그녀는 토해내고 싶었던 것이다. 스스로 쓸모없는 이가 아니란 걸 증명하려고 안간힘을 썼던 것이다. 허나, 더는 아무 말도 없었다. 방구석에 몸을 작게 웅크린 채로 가만히, 아무 말도 하지 않았다. 울음소리도 눈물도 없이, 그저 가만히. 겉으로 보기에 그녀는 마치 식물 같았다. 호흡을 위해 조금씩 흔들리는 것 외에는 특별한 움직임은 없었다. 심지어는 표정도 없이, 달도 뜨지 않은 방구석이

완전이 깜깜하게 빛을 잃어 버릴 때까지 그녀는 딱딱하게 굳어 버렸다.

며칠간 하소연의 침묵은 계속되었다. 그것은 온기가 스며 있는 침묵이 아니었다. 모든 소리를 외면하면서, 적당히 기대 웅크리고 있을 뿐이었다. 간간이 흩어져 나오는 한숨 소리에 나는 풀이 죽었다. 내게 목소리가 있었다면 그녀에게 따뜻한 말한마디를 건네어줄 수가 있었을 텐데. 그녀와 나는 더는 연결되어 있지 않은 듯했다. 나는 덜컥, 겁에 질렸다. 혹시나 그녀에게 그저 짐이 되어 버린 건 아닌가 싶은 마음 때문에. 나는 그저 관상용 식물에 불과한 것일까.

뿌리에서 차오르는 어린 숨결이 시리다. 실은 이것이 홀로 남겨진다는 감정에 대한 나의 첫 경험인 듯했다. 혼자가 되는 것에 대한 두려움을 나는 지금에서야 알게 된 것이다. 나는 소리쳤다. 줄기가 다 꺾여도 잎이 다 떨어져도 아랑곳하지 않을 마음으로 외쳤다.
"마음에 물을 줘야 해. 너는 지금 너무 탁해!"
그러나 내게는 목소리가 없다. 체념할 수밖에 없는 환경의 제약 속에서 나는 공허해졌다. 그리고 생각했다. 그녀의 쓸모없는 하소연을 들으며 되레 마음속 깊이에서 소란한 들뜸으로 가득 차던 시절은 끝이 나 버렸구나 하고. 지금 이 감정은 그저 혼자이기 때문에 겪는 슬픔 같은 것일까. 실은 나는 속으로 온종일 바랐던 적도 있다. 오롯이 혼자이고 싶다고 말이다. 그러나 정작 견디지 못할 것은 함께 있지만 쓸쓸해진다는 것이다. 멀어져가는 것에 대한 안타까움.

그녀의 생기 없는 모습을 바라보며 내가 할 수 있는 일은 무엇인지에 대해 생각했다. 때마침 창밖의 가로등 아래에서는 벚꽃 잎이 눈송이처럼 떨어지고 있었다.
'4월, 꽃의 개화가 한창일 때 그녀는 이렇게나 시들어가고 있구나.'
하소연은 통통 부은 얼굴을 하고서 다시 회사로 향했다. 나는 그녀를 위해 무언가 해야만 했다. 그리고 때마침 철학의 나무 아저씨가 했던 한마디가 문득 내 가슴에 사무쳤던 것이다.
*"한 철학자는 말했단다. 스스로를 파괴할 권리는 오직, 자기 자신보다 고귀한 무언가를 지키기 위할 때만 성립될 수 있다고 말이다. 아주 순수한 사랑, 그것은 무슨 일이 있다 해도 꼭 지켜져야 하는 거란다."

나는 내게 남아 있는 모든 생기를 한데 모았다. 오직, 꽃 한 송이를 피우기 위하여. 오늘도 그녀가 지치고 상처받은 영혼으로 힘겹게 문을 열었을 때, 그곳에서 그 무엇보다 따뜻한 향기로 그녀를 안아줄 수 있도록. 나는 소원을 빌었다. 내일 내 모든 잎이 떨어져도 좋으니, 오늘만은 꽃피울 수 있게 해달라고. 그녀가 나를 보고 활짝 웃을 수 있게. 정말이지 그것은 가렵고,

시리고, 아픈 일이었다. 이내 무언가 쏟아질 것만 같은, 톡 하면 터져버릴 것만 같은, 캄캄한 자정의 틈 속을 주춤거리며 전진하는 어리숙한 고백처럼 달고 시고 쓰리고 아련했다.

*존 로크

20.

스르륵 딸깍 문을 여는 소리가 들린다. 기다리던 이의 걸음은 어찌하여 늘, 더디기만 한 것인가. 나는 또다시 닿을 수 없는 말을 뱉는다. '나는 단지 꽃을 피우려 했던 것뿐인데, 결국엔 어쩔 수 없이 너를 실망시키고 마는 모양이야.' 너무 성급하게 꽃을 피우려 했던 탓일까. 나는 차마 그녀에게 반가운 기색을 표현하지도 못할 정도로 쇠약해졌다. 잎사귀 끝은 바짝 말라 쩍쩍 갈라졌으며 줄기와 뿌리는 물러지고 온통 시들시들하여 금방이라도 스러질 듯했다. 그 순간, 하소연은 울고 있었다. 울면서 내게 고했다.

"가끔 마냥 숨어 버리고 싶을 때가 있어. 정말이지 아무도 없는 이름없는 섬 같은 곳에서 가만히, 잊히고 싶을 때가 있어. 누구에게도 기억되고 싶지 않아. 누구에게도 이름이 오르내리고 싶지 않고, 그 누구도 나를 생각하는 이가 없었으면 좋겠어. 단순히 물리적으로 혼자인 것으론 부족해. 진짜 자유로워진다는 건, 정말이지 어려운 일인 것 같아. 자유롭고 싶어."

나는 그 밤이 증발해 버릴 정도로 끙끙 앓았다. 그리고 스스로가 열등한 존재임을 인정했다. 이윽고 의식이 흐려지며 눈앞에 어둠이 내려앉았다. 꽃을 피우진 못했으나, 아마 꽃이 진다

92

면 이런 느낌일까. 마지막일지도 모르니, 나는 하소연에게 전하고 싶었다. 비록 언제나 그랬듯 닿을 순 없겠지만.

"살아가면서 수많은 사람, 수많은 생각, 수많은 사물이 너를 상처 입힐 거야. 인간은 나약한 존재이기 때문에 쉽게 상처받겠지. 그건 어쩔 수 없는 일이야. 그 어쩔 수 없음에 탄식하게 되어 모든 것이 부질없다고 느껴질 때에 문득 나를 떠올려준다면 얼마나 좋을까. 너는 쓸모없지 않아. 왜냐하면 나는 너로 인해 처음으로 의미를 지녔기 때문이야. 네가 있었기에 지금 여기에 내가 있어. 너는 상냥해. 그건 네가 좋은 사람이란 뜻이야. 가능하다면 너를 위해 이 울기 좋은 작은 방에서 활짝 꽃을 피우고 싶었어. 어느 한적한 오후, 내게 물을 주던 너의 표정을 떠올려봐. 너는 그때 세상의 모든 권태에 소탈한 듯 보였고 너를 짓누르던 무거운 짐들로부터 해방된 듯 보였어. 슬픔은 나쁜 게 아니야. 자, 우는 거야. 눈물은 사람에게서 떨어지는 꽃이야. 피어나면서 동시에 지지. 허나 노을처럼 포근할 거야. 아마도 내가 죽으면 너는 아파하겠지. 너는 나의 유일한 친구니까. 부디 그 아픔을 좋은 방향으로 간직해보는 거야. 세상 모든 상처가 반드시 너를 꺾기 위해 존재하는 것은 아니란 걸 네가 깨닫게 되는 날, 네 삶은 자유로워질 거야. 너는 좋은 사람이야. 따뜻해."

미완성에 대한 고찰

"간절한 만큼 아름답고, 절실한 만큼 애달픈 말, 언젠가는, 언젠가는……. 삶은 깨어 있으면서 꾸는 꿈, 허나 꿈이란 것은 오직, 미완성으로 남아 있기 때문에 영롱한 것은 아닐까. 텅 빈 가슴 속에서 유유자적하는 고독의 향수를 머금고, 아직 오지 않은 시간을 향해 조용히 걸음을 옮길 뿐이다. 나 자신을 소중하게 여기는 그 마음속에 기쁨과 슬픔, 용서와 배려, 그 모든 삶의 구원이 담겨 있을 터. 그러니 그대, 스스로를 사랑하라. 우수에 젖은 눈빛 속에 세상의 모든 빛이 깃들어 있으니, 부디 두려워 말고 스스로를 사랑하라."

21.

"얼른 기운을 차려야지. 같이 갈 곳이 있어."

그녀의 목소리였다. 하소연은 나의 작은 토분에 영양제를 놓으며 말했다.

"정말 깜짝 놀라서, 엄마에게 전화를 걸었어. 그랬더니 아마 웃자랐기 때문에 그런 거라고 하는 거야. 너는 며칠 사이에 얼른 어른이 되고 싶었던 거야?"

그 말을 듣고 나는 피식 웃음이 났다.

"쓸데없이 덜컥 어른인 척하는 건, 오히려 네 쪽이야."

하소연은 내 잎사귀를 마른 수건으로 닦아주며 결심이라도 한 듯, 머리를 뒤로 질끈 묶었다. 머리끈을 잠시 이로 깨물고 있던 모습에서 제법 여성스러운 태가 느껴지기도 했다.

"있잖아. 네 목소리가, 그 손길이 참 많이도 그리웠어. 어찌 보면 누군가를 좋아한다는 건 정말 터무니없는 일인 것 같아. 나는 분명 충분한 시간을, 그 사람을 생각하는 일에 할애해야 할 거야. 밥은 먹었는지, 우산은 챙겨 나갔는지, 오늘은 어떤 하루를 보내고 있는지. 잠깐이라도 내 생각은 하고 있는지. 그런데 내 마음에 타인을 담아 두고 있다는 건 실은 엄청 어렵고 외로운 일이거든. 그 사람의 몫까지 늘 고려해야만 하니까. 그 사람이 없으면 나는 불안해지고 말 테니까. 때로는 지치고 마냥 드리우는 서운함 속에 허우적댈지도 모르지.

그치만 그 사람을 생각하고 있을 때 자신의 모습을 봐. 창가에 비친 나는 어린아이처럼 생기가 가득해. 누군가를 좋아한다는 건, 가슴속에 누군가를 담아 두고 있다는 건 그런 건가 봐. 무언가에 얽매일 수밖에 없지만 그 덕에 어느 때보다 밝게 웃곤 하는 거야.

맞아, 좋아한다는 말 속엔 언제나 서운함과 고마움이 공존해. 꽃잎이 피고 지는 이유를 너는 알까? 떨어지는 스스로를 보며 아주 잠깐, 걸음을 멈춰주기를 바랐던 거야. 그리고 아주 길게 그리워해주길 꿈꿨던 거지. 순간이 곧 영원이야. 너를 좋아해. 내가 시들어 버린다 해도."

내 독백을 바라보며 하소연은 싱그럽게 웃었다. 그녀는 음악을 틀고 마음이 가는 대로 몸을 움직였다. 그것은 처음 보는 광경이었다. 그 유연한 움직임들 속에 망설임은 없었다. 오디오에서 경쾌하게 흘러나오는 맘보 음악에 맞춰 그녀는 고개를 끄덕였고 몸을 연신 흔들어대며 빨래를 널었다. 나뭇잎을 스치는 바람 소리, 부서지는 햇살의 조각들, 이 방 안 가득 흩날리고 있는 여인의 향기, 나는 그 중심에서 몸과 마음을 곧게 세운 채로 광합성을 했다.

"나는 아직 준비가 덜된 것 같아."
그녀는 웃고 있었지만 목소리는 떨렸다.

"누구도 완벽하게 준비된 채로 삶을 살아가는 사람은 없어. 생각해봐. 살아오는 동안 그런 순간은 단 한 번도 없었던 거야. 사실 삶이란 미완성에 대한 고찰로 이루어져 있는 게 아닐까. 그 추이들을 연결해 나가다 보면 머지않아 알게 될 거야. 그것이 삶이고, 그것이 행복이라고."

"나는 쓸모 있는 사람이 되고 싶어."

"쓸모 있는 사람과 가치 있는 사람은 조금 다른 맥락이겠지. 네가 무언가의 수단이 되지 않았으면 좋겠어. 적어도 내게 넌, 그 자체로 가치 있는 사람이야. "

하소연의 짧은 푸념이 지난 뒤, 그녀는 나를 안고 익숙한 길을 걸었다. 거리는 온통 벚꽃이 만개하였다. 그것은 사실 분홍색보다는 흰색에 가까운 벚꽃이었다. 꽃잎들이 바람에 흩날리며 편편하게 내려올 때, 나는 그것이 봄에 내리는 눈송이들은 아닐까 하는 생각이 들었다. 새하얗고 고요하지만 쉽게 녹아 없어지지 않는 높은 채도의 눈송이들. 우리는 향긋한 봄의 눈발을 맞으며 걸었다. 그리고 끝내 닿은 곳은 커다란 구멍이 생긴 도서관 입구였다. 그곳엔 불과 얼마 전까지만 해도 아주 오래된 나무 한 그루가 있었다. 누군가를 기다리며 깊게 뿌리를 내렸던 커다란 플라타너스 나무 한 그루. 허나 지금 그곳은 텅비어 있다. 오직 고독과 공허, 덧없는 그리움만이 깊게 드리울 뿐이었다.

삶이 뿌리째 뽑힐 때, 휘청휘청 기울어지며 자리를 이탈할 때 철학의 나무 아저씨는 무슨 생각을 했을까. 어쩌면 삶은 그 자체로 아픈 것이다. 사랑의 작용은 그 아픔을 잠시나마 잊게 해주는 역할에 불과할지도…….

나는 그 하염없는 빈자리를 바라보며 속삭였다.
"언제까지나, 당신을 기억할 거예요."

22.

"사람들은 왜 모를까? 자기 자신에게 쓸모없는 무언가가 다른 이에겐 너무나 간절하고 소중한 꿈일 수도 있다는 사실을 말이야."

깊은 한숨을 텅 빈 자리에 내려놓으며 그녀가 말했다.

"나는 늘, 누가 내 마음을 알아주길 바라면서도 동시에 두려웠어. 마음을 누군가에게 들킨다는 사실은 여전히 겁이 나. 친구, 사랑, 일, 거의 모든 관계가 마찬가지였던 것 같아. 속마음을 진실되게 전달하는 일이 내게는 왜 그렇게 어렵기만 할까. 나 실은 미워하고 있었어. 나를 아프게 하는 그 많은 것을 말이야. 그런데 언젠가부터 그 화살이 나에게로 날아오는 거 있지. 결국에 무언가를 미워하는 마음은 품으면 품을수록 나를 더 어두운 곳에 가두어 두는 것 같아. 그래서 든 생각인데, 용서라는 건 타인을 위한 게 아닌 것 같아. 용서는 오직 나를 위해서 존재하는 것 같아."

그녀와 나는 철거가 진행되고 있는 도서관 벤치에 앉아 있었다. 만약, 철학의 나무 아저씨가 있었다면 그 시간, 그 자리는 적당한 그늘로 이루어져 있을 테지만 이제 그 높고 울창한 나무는 어딘가로 사라져 버렸다. 그럼에도 마냥 외로움에 길을

99

잃었다거나, 삶이 덜컥 스러져 버린 것은 아니다. 가려진 시간을 너머 반짝이는 빛의 조각들이 우리에게로 와닿았기 때문에. 사려 깊은 햇살, 그것은 오래된 나무 한 그루가 우리에게 남겨 둔 삶의 작은 희망일 것이다.

자연에서 빛은 중력에 구애받지 않는 유일한 관념이다. 그것은 무게가 없지만 실존하고 있다. 마찬가지로 사랑은 인간에게 빛과 같은 것이 아닐까. 누구도 빛을 두 손아귀로 소유할 수 없지만 그것은 오늘도 사람들의 두 뺨 위로 하염없이 쏟아져 내린다. 인간의 삶에서 사랑은 시간에 구애받지 않는 유일한 관념인 것이다. 그것은 완벽히 표현해낼 수 없지만 분명, 존재하고 있다. 빈 자리를 바라보는 그녀의 모습에 찬란한 햇살이 쏟아져 내릴 때, 나는 비로소 철학의 나무 아저씨의 말을 헤아릴 수 있었다.

사랑은 한계를 넘어서는 것.
사랑은 기다려주는 것.
사랑은 의심해서는 안 되는 것.
사랑은 그곳에서 피고 지는 것.

"맞아. 그 감정들로부터 자유로워질 수 있는 것이 용서일 거야. 누군가를 미워하는 건, 스스로 마음에 자물쇠를 채우는 것과 같아. 용서는 네가 행복하게 살기 위해서 하는 거야. 그러니까 너 스스로를 용서해. 스스로를 쓸모없다고 말하곤 했던 지난 날의 너를, 지나치게 자기 자신을 폄하하곤 했던 너 자신을 용서해."

나의 목소리는 끝내 그녀에게 닿을 순 없겠지만 우리 사이에 독백들은 그 자체로 의미를 지니고 있다. 말은 닿지 않으면 그 저 흩어져 버리고 말겠지만, 진심 어린 마음은 품고 있는 그 자체로 이미 온기를 지니고 있을 테니까.

"누구에게도 인정받지 못하는 삶은 어떤 걸까?"
"바보야, 그것도 온전히 너의 삶이야. 너 스스로에게 보란 듯이 당당하게 살아가면 되는 거야."
그녀의 하소연에 나는 답했다. 그리고 이번엔, 내가 물었던 것 이다.
"꽃을 피우지 못한 식물 따위, 사랑받을 자격이 있을까?"
"대개 사람들은 꽃이 활짝 피어야 아름답다고 생각을 하겠지. 그런데 애정을 쏟고 있다면 말이야. 그게 전부는 아닌 거야. 들 판에 이름 없는 잡초에게도 아름다움이 있어. 다 떨어지고 지 르밟힌 꽃잎에게도 향기가 있는 법이니까. 구태여 남들의 시 선에 자기 자신을 끼워 맞추려 하지 않아도 돼. 우리 비록, 지 금은 활짝 핀 꽃이 아니더라도 고개 숙이지 말자. 우리가 세상 을 바라보는 시선이 곧 우리의 태도인 거야."

어느덧 그녀의 하소연은 내 물음에 대한 대답처럼 들렸다. 아마 우연히 마음 한편에 내 목소리가 닿았는지도 모른다. 비록 우연이라 할지라도 아쉬워할 것은 없다. 자연의 법칙은 결코 의미 없는 우연 따위는 만들어내지 않으니까. 비는 내리지 않았지만 그 한마디로 인해 케케묵은 서운함이 씻겨져 내려간다. 만약 삶에서 결코 더럽혀지지 않은 단어가 있다면 그것은 '고요'일 것이다. 마음의 어떠한 동요도 없는, 육체의 어떤 피로감도 없는 정갈한 자태, 그 순간은 한마디로 고요했다.

"우리 비록, 지금은 활짝 핀 꽃이 아니더라도 고개 숙이지 말자. 우리가 세상을 바라보는 시선이 곧 우리의 태도인 거니까."

손으로 쓰여진 편지의 전문

"안녕하세요. 소연씨. 얼마 전, 소연 씨가 혼잣말처럼 했던 말이 내내 마음에 남아서 이렇게 편지를 씁니다.

서로를 상처 주지 않고 사랑하는 방법이 있을까요?

처음 그 질문 앞에서, 선뜻 대답을 하기란 참 어려웠어요. 그렇게 간단한 내용은 아니니까요. 맞아요. 사랑이라는 거, 멀리서 바라볼 땐 참 아름답지만 막상 속으로 깊이 들어가면 숨이 턱 막힐 때가 있잖아요. 그 상처는 너무 쓰리고 아파요. 사랑하지만 숨을 쉴 수 없는 거, 그건 정말로 사랑일까요? 머지않아 의식을 잃어 버리고 말 거예요.

우리는 사랑하면서 너무 깊이 빠져들려고만 하는 건 아닐까요. 그 사람이 어떻게 숨을 쉬는지. 나는 어떻게 헤엄쳐야 하는지는 까마득히 잊어 버린 채로 깊이 잠수하려고만 하는 건 아닐까요. 수면에서 멀어질수록 빛은 희미해져요. 작은 조류에도 길을 잃고 말 거예요.

그러니까 사랑을 할 때에도 배려를 해야 하고 상대의 진심에 예의를 갖추어야만 하는데 우리는 그걸 쉽게 간과해 버리는 것 같아요. 특히나 우리가 사랑에 대해서 놓치고 있는 건 말이에요. 그건 함께 호흡하는 일은 아닐까요. 제가 생각하기에 건강한 사랑이란 같이 호흡하는 일과도 같아요.

나의 마음이 상대를 숨 막히게 해서도 안 되고, 나의 무관심이 상대를 깊은 외로움 속에 방치해 두어서도 안 돼요. 그렇다면 어떻게 그런 일이 가능할까요. 그런 사랑이 정말로 있을까 하는 의구심을 가진 채로 지내다 우연히 주말 아침 어머니께서 화분에 물을 주며 하시는 말과 행동을 보고 깨달았어요.

사랑이라고 하는 것이 실은 우리가 생각하는 것처럼 그렇게 어렵고 무거운 일은 아닐 수도 있겠다고 말이에요. 사랑, 함께 호흡하는 일. 그건 혹시 화분에 물을 주는 마음과 같은 거 아닐까요. 마음도 때에 따라 알맞은 양이 전해질 수 있다면 그 행위가 소소한 일상이 된다면 우리들의 사랑은 거친 파도가 아니라 잔잔한 달빛 아래 물결처럼 눈부시게 반짝일 수 있을 거예요.

무럭무럭 자라길 바라는 마음으로, 모든 잎이 햇살을 골고루 머금을 수 있도록 자리를 옮겨주고, 뿌리가 소화할 수 있을 만큼의 수분을 충분히 적셔주는 거예요. 눈으로 직접 바라봐주며 따뜻한 말을 해주는 것도 잊어서는 안 되겠죠. 그리고 그 나머지 시간은 말이에요. 나를 위해 쓰는 거예요. 그게 사랑이에요.

나에게도 햇살이 필요하고, 여유가 필요하고, 따뜻한 말과 눈빛이 필요한 거니까요. 그렇게 매일매일을 성실히, 감정에 충실히 살아가는 거예요. 나를 위해서. 나의 사랑을 위해서.

어때요? 멋지지 않아요? 세상에 사랑만큼 황홀한 호흡도 없을 거예요. 가슴에 가득 들이마신 뒤에 천천히 내뱉어봐요. 사랑은 그런 거니까."

"선생님, 실례가 아니라면 목련을 하얀 장미라고 불러도 될까요?"

"왜 그렇게 부르고 싶은데?"

"오랫동안 기다리고 있는데, 도대체 하얀 장미가 피어나질 않아서요. 여기에 이렇게 새하얀 목련이 많으니까, 그냥 저 꽃들을 모두 하얀 장미라고 부를래요."

"꼭 하얀 장미가 피어나길 기다리는 이유가 있니?"

"아, 하늘에 있는 아빠가 내 마음을 알아주었으면 해서요. 선생님은 하얀 장미의 꽃말에 대해서 알고 있어요?"

"글쎄, 어떤 뜻이 담겨 있을까?"

"하얀 장미의 꽃말은 '다시 만날 수 있을까요'래요. 그래서 온 세상 가득 하얀 장미가 피어났으면 해요. 하늘나라는 아주 먼 곳에 있다고 들었어요. 여기에 활짝 핀 목련꽃들이 만약 하얀 장미라면 멀리에서도 보이지 않을까 해서요."

"정말로 그렇구나. 아마 목련들도 이해해줄 거야. 이 꽃들은 너를 위해 기꺼이 하얀 장미가 되어줄 거란다."

"선생님. 언젠가는 헤어진 사람들을 다시 만날 수 있을 까요?"

"음……. 시간이 지나 정말 순백의 장미를 만나게 되면 그때

106

꽃에게 한번 물어보려무나. 보고 싶은 사람들이 어쩌면 그곳
에서 너를 기다렸을지도 모르니까."

작가 노트

이해한다는 말

비트겐슈타인이 말했다. 내 언어의 한계가 곧 내가 지닌 세상의 한계라고. 우리는 살아가면서 너무나 많은 것을 말하고 있지만 정작 표현하고 싶은 바 앞에서 멍하니, 말문이 막히는 자신을 경험해본 적이 있을 것이다. 나는 그러한 순간들이 '경계'에 해당하는 영역이라고 생각한다.

인간의 마음은 그 경계 앞에서 벽에 부딪친 듯 갑자기 차갑게 멈춰서 버린다. 그것이 단절이다. 언어의 한계는 표현의 한계를 만들고, 표현의 한계는 단절의 가능성을 높인다. 이러한 순환 작용은 내가 속한 세계를 좁게 만들고 결국 사람들을 조금씩 멀어지게 만들 것이다.

그리하여 그러한 생각이 들었다. 나의 감정을 충실히 표현하고자 하는 의지는 정말로 중요한 것이라고. 또한, 상대의 말을 이해하기 위해 끊임없이 노력하는 자세가 우리 모두에게 요구되어야만 한다고. 그렇다 할지라도 우리는 그 마음을 온전히 느낄 수 없을 것이다. 일반적으로 대화라고 하는 것은 나의 마음속에서 타자의 마음을 짐작으로 느끼는 행위에 불과하기 때문이다. 우리는 감정을 해석하는 것뿐이지, 그것은 온전히 주고받을 수 없다. 그것은 서운하면서도 어쩌면 고마운 일이다. 결국에 모든 개인의 감정은 영원한 비밀로 남게 될 것이므로.

공교롭게도 그 모호함으로 말미암아 관계는 생성과 소멸을 반복하는 것이 아닐까. 마음은 사고에 비해 훨씬 더 은유적이다. 왜 인간은 스스로의 감정을 있는 그대로 주고받지 못하는 것일까? 그것은 아마, 심리적으로 적당한 거리가 모든 이에게 다르게 작용하기 때문은 아닐까. 어찌 됐든 대화에서 가장 중요한 덕목은 모든 이해가 오해를 전제로 함을 잊지 말아야 한다는 것이다.

시詩

시詩가 무엇인지도 모르면서 시詩를 썼고 사랑愛이 뭔지도 모르면서 사랑愛을 했다. 실은 세상에 이미 알고서 행하는 것들은 그리 많지 않은 것이 아닐까.

시詩는 채우는 일인가 싶었는데, 실은 여백으로 남겨 두는 일이더라. 사랑愛이 오직 삶의 정답인 줄만 알았더니, 마침내 끊임없는 물음으로 남았네.

조율

요즘은 일기장에 글을 끄적거리다가도 흠칫, 단어나 문장을 의식적으로 조율하는 나를 발견한다. 누구에게 검사를 받는 것도 아닌데, 무엇 때문에 그러는 것인지 좀처럼 당혹스러움을 숨길 수가 없다. 어느새 나는 아무도 훔쳐보지 않는 나만의 작은 일기장에서조차 온전히 솔직하지 못하게 되어 버린 건 아닐까. 얼마간은 머리를 쿵 하고 부딪힌 듯하여 하는 수 없이 하던 것들을 멈추고 생각에 잠겨 있어야만 했다. 조금 더 조금 더, 투명하게 살고픈 욕구를 느낀다.

침묵

어쩌면 침묵이란 것은 말보다 분명한 것이다. 피상적으로 식물과 인간은 언어를 통해 소통할 수 없는 관계지만, 개인적인 경험으로 사람과의 관계보다 식물과의 관계가 훨씬 소탈한 적이 많았다.

식물에게 하소연을 한다는 설정은 실제로 어린 시절 내가 즐겨 했던 취미생활에서 비롯되었다. 우리 집 베란다에 있던 작은 아글라오네마는 내가 가장 아끼는 식물이었고, 실제로 그 옆에는 녹보수 나무가 있었다. 나는 다른 식물들 중에서도 유독 그에게 더 많은 애정을 주던 기억이 있다. '애정을 준다'는 것은 '의미를 지닌다'는 뜻이다. 누구나 어떠한 것에든 애정을 쏟을 수 있지 않은가. 이름 없는 사물은 물론, 만질 수 없는 기억이나 볼 수도 없는 관념에 이르기까지. 그 시절 나에겐 바람에 살랑살랑 흔들리는 그 푸른 잎이 썩 마음에 와닿았던 모양이다.

성인이 된 뒤, 우연히 그 아글라오네마 식물을 기억해냈을 때 내가 첫 번째로 든 감정은 '미안함'이었다. 어른이 되어가면서 애정을 주던 대상으로부터 멀어진다는 것은 나는 물론, 그 대상에게도 크게 서운한 일이었을 테니까. 심지어 내게 그 아글라오네마는 가장 친한 친구였는데 말이다.

그 친구에게 '이건 정말 비밀인데' 하고 털어놓았던 이야기는 여전히 우리 둘만 아는 내용으로 남아 있다. 식물은 정말이지 하소연을 하기 가장 알맞은 대상이다. 그렇다고 무작정 내 이야기만 해대는 것은 옳지 않다. 잎사귀를 어루만져주며 그의 생각을 느껴보는 일도 잊어서는 안 될 것이다. 그런데 정말로 우연이었을까. 그 식물이 갑작스레 생각이 났다는 거 말이다.

때로는 가만히 바라만 보는 것으로 마음이 놓일 때가 있었다. 요즘 특히나 내 마음을 흔들어대는 것은 그 순간의 느낌들이다. 정말이지 아무런 말도 없이, 가만히 바라보는 것 만으로 위안이 되는 느낌들, 그 관계들.

Balance
균형 그리고 마음.

소설을 쓰면서 감정은 결코 평면적이지 않다는 생각을 하곤
한다. 마음의 위치와 감정의 정도, 서로간의 거리에 따라서 바
라보는 관점은 이렇게나 달라질 수 있구나.

가까이에 있어도 높낮이가 다를 수 있다. 수평적인 위치에 있
어도 중심과의 거리가 다를 수 있다. 어쩌면 시소를 타는 것과
비슷하다고나 할까. 단 한 걸음을 다가설 뿐이었는데 와장창
고꾸라져 버리거나 아주 약간만 뒷걸음쳤을 뿐인데 이내 뒤틀
려 버리곤 했다.

어떠한 동요도 없는 가장 알맞은 수평을 찾는 일이 참 중요한
요즘이다. 글을 쓰는 일에도, 사람을 만나는 일에도.

소유냐 존재냐

사랑을 소유할 수 있을까? 만약 그것이 가능하다면 사랑은 사물의 형태를 띠거나 소유할 수 있는 실체가 있어야 한다. 그런데 사실 '사랑'이라 불리는 구체적인 사물은 없다. '사랑'은 추상의 개념이며 어쩌면 여신이거나 이방인일 것이다. 하지만 이 여신을 본 사람은 없다. 사실 사랑에는 사랑하는 행위만이 존재한다.

이는 생산적인 행위이며 사람이나 나무, 그림이나 관념을 보살피고, 알아가고, 반응하고, 긍정하고, 향유하는 것을 뜻한다. 또한 삶을 불어넣고, 생기 넘치게 한다. 요컨대 사랑하는 행위는 자기 자신을 개발하고 강화하는 과정이다. 그러나 사랑을 소유의 방식으로 경험하는 것은 '사랑하는' 대상을 구속하고, 감금하고, 지배한다는 의미다.

- 에리히 프롬, 『소유냐 존재냐』

대개, 사랑이 아픈 이유는 가지려고만 하기 때문이 아닐까. 소유하려 하면 할수록 멀어지는 것이 사랑이다. 만약에 사랑이라는 사물이 존재했다면 오늘날, 그 단어가 이렇게나 아름다울 수 있었을까?

드문 감정

소설 속에는 끝내 들어가지 않았지만 하소연의 물음 중에 다음과 같은 표현이 있었다.

"왜 이렇게 사랑하는 사람을 만나기가 어려운 거야?"

이 책을 읽는 이들은 어떻게 생각할까. 짐작하건대, 철학의 나무가 그 자리에 조금 더 오래 머무를 수 있었더라면 다음과 같이 이야기해주었을 것이다.

"사랑은 단순히 규정하는 것은 아니고, 증명하는 것은 더더욱 아니지. 그건 그냥 느끼는 거야. 나를 오롯이 인정해주는 사람을 만나는 일은 정말이지 어려운 일이라고 말한다면 나는 그저 동의할 뿐이야. 맞아, 사랑은 흔하지 않은 거야. 그것이 마냥 어디서나 마음대로 누릴 수 있는 감정이라면 나는 이렇게 간절히 사랑을 원하지 않았을 거야. 사랑은 흔하지 않기 때문에 소중한 거야."

사랑은 드문 감정이 아니라, 존재하지 않는다고 생각하는 사람들도 있다. 그 부조리한 시각은 어떤 의미에선 실로 타당하다고 느껴지기까지 하지만 그런 이들을 위해 종종 인용하는 문구가 있다.

"만약 아무것도 의미를 가진 것이 없다 하더라도, 그것은 옳을 것이다. 그러나 어딘가에 여전히 의미를 가지는 것은 존재한다."

- 까뮈, 독일인 친구에게 보내는 편지. 1943년 11월

순수

소설을 중반 즈음 썼을 무렵 초등학교 선생님인 친구를 만나 이런저런 이야기를 나누게 되었다. 오늘은 어떤 수업을 했냐는 물음에 활기 넘치는 표정으로 시 수업을 하고 왔다는 대답에 나도 모르게 마음이 기울어졌다.

그날, 아이들이 쓴 시를 보고 집으로 돌아오는 길에 문득 눈물이 차 올랐다. 그 어린 꼬마가 쓴 짧은 문장이 내가 처음 시를 접했을 때 느낀 마음과 참 닮아 있다는 생각이 들어서일까. 일부러 먼 길을 빙 둘러서 집으로 가야만 했다. 조금 더 그 느낌 위를 걷고 싶어서.

가끔씩은 아주 순수했던 시절의 나로 돌아가고픈 생각이 든다. 꽤나 희미하지만 때때로 눈을 감으면 아주 어린 내가 보인다. 한 20년쯤 전의 여름이던가, 할머니 집 뒷마루에 누워 달그락거리는 오래된 선풍기를 벗 삼아 잘 익은 수박 한입을 베어 무는 내가 있다. 꾸벅꾸벅 졸린 눈을 비비며 어리광을 부리는 소년이 있다.

오늘 밤 꿈에 그 오래된 기억 속에 있는 나를 만나러 가야지.

아마도 참았던 울음을 터뜨리며 그대로 흩어져 버릴지도 모르겠다.

참고로 에필로그2는 하소연이 어린 나이에 아버지를 잃고 담임 선생님과 나눈 대화다.

비밀

"꼭 비밀스러워야 한다. 정답을 들으면 대개는 시시해지기 마련이지. 그래서 그 누구도 감히 어떤 삶이 정답이라고 말해선 안 되는 거야. 어느 누구의 삶도 시시해져선 안 될 노릇이니까. 적어도 삶에 대한 물음에 대해선 정답이란 비밀로 남겨져야 하는 거야. 그건, 있지만 드러나지 않는다는 의미지. 꼭 비밀스러워야 해. 시시해져 버리면 어떡해. 그건 정말 큰일이거든."

편견

실은 편견마저도 하나의 견해일 뿐이다. 어떤 각도에서 바라보면 편견이 없다는 것은 주관이 없다는 말과 같다. 편견을 지니고 있다고 해서 모두가 이기적인 인간이 되는 것은 아니다. 중요한 것은 의견이 다르다는 것에 대해 '어떠한 태도를 가지고 접근하는가'는 아닐까. 나와 생각이 다르다고 해서 무작정 반기를 들고 다가설 이유는 없다. 세상에는 이런저런 사람이 있고 다 자기 나름의 철학을 가지고 살아가기 마련이니까. 다만, 절대로 무너지지 않을 편견에 갇혀서 너무 많은 것을 잃지 않았으면 하는 마음이 있을 뿐이다.

작가 노트 11

Breath
호흡

"그러니까 사랑을 할 때에도 배려를 해야 하고 상대의 진심에 예의를 갖추어야만 하는데 우리는 그걸 쉽게 간과해 버리는 것 같아요. 특히나 우리가 사랑에 대해서 놓치고 있는 건 말이에요. 그건 함께 호흡하는 일은 아닐까요."

사랑한다고 해서, 무작정 나를 강요하는 것은 옳지 않다. 상대에게도 나에게도 각자 호흡하는 방식이 있으니까.

직장상사 L

소설 『쓸모없는 하소연』에서 여주인공을 미워하는 직장 상사 'L'은 어떤 사람일까. 정말로 나쁜 사람일까. 나는 L의 태도 역시 또 다른 형태의 하소연이라는 생각이 든다. 그녀는 어쩌면 평범한 사람일 것이다. 관심이 필요하고, 사랑과 존중이 필요한 사람. 그러나 이처럼 평범한 사람들에게 필수적인 여러 요소가 부족해질 때 사람은 막연히 누군가를 미워하고, 외부의 무언가를 적대시하게 되는 것은 아닐까. 심지어는 자기 자신마저 혐오하게 될지도 모른다.

뜻대로 되지 않는 마음이 고스란히 내면에 쌓이게 되면 자기 자신은 물론, 자칫 다른 이를 상처 입힐 수가 있다. 그렇기 때문에 누구에게나 하소연할 곳이 필요한 것이다. 마음을 터놓는다는 것은 분명 어려운 일이지만 그럼에도 우리는 표현 해야만 한다.

그것은 언어적인 형태가 아니어도 괜찮다. 예컨대 가슴이 답답한 날엔 전시를 관람하고 울고 싶을 땐 가장 아끼는 영화를 다시 한 번 보자. 무언가가 그리운 날엔 하염없이 창밖을 바라보다가 문득 외로운 날엔 편지를 써서 구태여 서랍 속에 곤히

모셔 두는 일을 해보자. 나만이 알 수 있는 형태로 하소연을 해보자. 부질없다면 부질없는 일인지도 모르겠으나. 그렇게라도 하지 않으면 우리는 머지않아 메마르고 말 것이다.

용서

"배려를 했는데 약자가 되어 있었고 용서를 했는데 미련한 사람이 되어 있었다. 그것들은 모두 누구를 위한 것일까."

내 일기장 속에 있는 문장을 고스란히 가져왔다. 사실, 이 한 문장을 위해 소설 전체가 존재한다고 해도 과언이 아닐 것이다. 실은 용서라고 하는 것이 타인을 위한 것인 줄 알았다. 헌데, 많이 울고, 많이 아프고, 많이 외롭고 난 뒤 알게 된 것은 그것이야 말로 나를 위한 것이란 사실이다.

그 감정으로부터 자유로워지는 유일한 길은 용서밖에 없기 때문에, 내 행복을 위해서 용서하는 것이다. 내 마음에 그 무책임한 짐을 덜기 위해서.

무의식

철학자 데카르트는 말했다. "나는 생각한다 고로 나는 존재한다." 반면에 심리학자 프로이트는 이렇게 말했다. "내가 생각하지 않는 곳에서 나는 분명 존재하고 있다."

인간은 늘, 합리적 이성과 무의식 사이를 방황하는 존재가 아닐까. 가끔 정신없이 하루를 보내다 보면 정작 나를 잃어버렸다는 생각이 든다. 잊지 말아야 할 물건과 일들을 체크리스트에 하나 둘 기입해 두면서 정작 나는 현실에 부재중인 모양이다.

덜컥, 겁이 났다. 아마 몇 년쯤 더 지난 후에 문득 거울을 보며 소스라치게 놀라진 않을까. 언제 내가 이렇게 어른이 되어 버렸나 하고. 소설 속에는 '웃자라다'라는 단어가 등장한다. 그것은 쓸데없이 보통 이상으로 자라나 연약해지는 상태를 의미한다.

요즘 들어, 이상하게 머리가 자주 아프고 감기에 잘 걸리는 이유가 그것 때문은 아닐까. 현실은 합리적으로 행동해야 할 것을 강요하고, 마음은 조금 더 본능에 충실하길 원한다. 그

간극 사이에서 인간은 실로 불온한 존재다.

바다

짧은 소설임에도 불구하고 다소 처지는 느낌이 들어, 변화의
필요성을 느꼈다. 아주 강한 자극이 있었으면 했고, 그것은 겨
울 바다처럼 차갑고 어두웠으면 좋겠다는 생각이 들었다. 나
는 그 대상을 찾기 위해 몇 번 속으로 읊조렸던 것이다.

'겨울 바다처럼 차갑고, 겨울 바다처럼 차갑고……'

한참을 고민하다 아차 싶었다. 그냥 겨울 바다에 빠지면 되는
일인 것을. 며칠 뒤, 곧바로 제주도로 향했다. 동이 트기 전, 황
우지 해안은 음산하기 그지 없었다. 심지어 눈앞의 바다는 깊
이를 가늠할 수 없을 정도로 시커멓고 어두웠다.

몸을 대충 적시고 준비운동을 했다. 그리고 한 10분쯤 생각에
잠겼다. '꼭, 들어가야 할까.' 그 바닷가에서 수영복 차림으로
고민을 한다는 것 자체가 이미 아주 강한 자극이긴 했기 때문
에…… 그렇게 생각에 잠겨 있던 사이, 어느새 어깨너머로 햇
살이 차 올랐다. 등 뒤로 느껴지는 온기는 정말이지 따뜻했다.
아마 그 공간에 속한 모든 것이 그렇게 느꼈을 것이다.

조금 전까지 검게 물들었던 눈앞의 바다는 에메랄드 빛이었다. 아름다웠다. 불과 몇 분전의 어둠을 보지 못했다면 그 빛이 이렇게나 맑게 다가오진 않았으리라. 나는 그대로 바다에 뛰어들었다.

오후 9시 14분 문자 메시지

"사랑하는 순간, 얽매이지만 사랑할 때에만 자유로울 수 있다
는 거 있잖아요. 일상 언어로 좀 풀어서 써주세요."

"그 사람을 좋아한다면 나는 분명 충분한 시간을, 그 사람을
생각하는 일에 할애해야 할 거야. 밥은 먹었는지, 우산은 챙겨
나갔는지, 오늘은 어떤 하루를 보내고 있는지. 잠깐이라도 내
생각은 하고 있는지. 헌데 내 마음에 타인을 담아 두고 있다는
건 실은 엄청 어렵고 외로운 일이거든, 그 사람의 몫까지 늘
고려해야만 하니까. 그 사람이 없으면 나는 불안해지고 말 테
니까. 때로는 지치고 마냥 드리우는 서운함 속에 허우적댈지
도 모르지.

그치만 그 사람을 생각하고 있을 때 내 모습을 봐. 거울 속에
나는 어린 아이처럼 생기가 가득해. 누군가를 좋아한다는 건,
가슴속에 누군가를 담아 두고 있다는 건 그런 건가 봐. 무언가
에 얽매일 수밖에 없지만 그 덕에 어느 때보다 밝게 웃곤 하는
거야.

맞아, 좋아한다는 말 속엔 언제나 서운함과 고마움이 공존해.

꽃잎이 피고 지는 이유를 너는 알까? 떨어지는 스스로를 보며 아주 잠깐, 걸음을 멈춰주기를 바랐던 거야. 그리고 아주 길게 그리워해주길 꿈꿨던 거지. 순간이 곧 영원이야. 너를 좋아해. 내가 시들어 버린다 해도."

감정의 표백

감정을 새하얗게 표백할 수 있는 방안이 나온다고 할지라도 그것을 완전히 외면할 순 없을 것이다. 어떤 감정을 지울 수 있다면 그 구정물 속엔 고스란히 그 감정의 색이 담겨 있을 테니까. 만약 표백의 대상이 외롭다는 단어였다면, 외로움의 색이 목련꽃과 비슷한 색이었다면 거리 위에 떨어진 그 꽃잎을 보며 이유 없이 눈물을 흘리게 될 노릇이다. 정말이지, 터무니없는 일이지. 영문도 모른 채 그 자리에 주저앉아서 펑펑 울게 되는 일은.

비어있다

나의 모든 외로움들, 아무런 말도 없는 쓸쓸함과 멀어져가는 서글픈 푸념들, 그렇게 속도 모른 채 무럭무럭 자라나 이런 내가 되어 버렸구나. 눈물을 한 1리터 정도 모아 두었다가 바닷물에 홀연히 놓아준다면 그 순간에는 모든 이유가 깊고 아득한 수면 아래로 찰랑찰랑 소리를 내며 가라앉을 수 있을까. 때때로 몰려드는 과호흡, 숨이 턱 막히곤 하는 깜깜한 새벽에는 지나간 기억에 슬그머니 고개를 떨구고 나도 모르게 중얼거린다. '그땐 그랬지, 그땐 그랬지.' 하면 까딱까딱 시계 초침 소리만이 옅게 끄덕여주는 어두운 방 한쪽에서 언제부턴가 그렇게 텅 비어 있다.

고요

퇴고 전, 하소연이 건네어 받은 편지 속에는 다음과 같은 내용도 포함되어 있었다.

"언젠가 진심으로 사랑했던 사람에게, 그 순간의 나 자신에게 부끄럽지 않은 모습으로 살아가도록 해요."

그런데 그 말은 정작, 하소연이 아닌 나 스스로에게 하고픈 말이기에 기어코 이곳에 남긴다. 처음 사랑을 말할 때, 그리고 그 사랑이 끝이 났을 때에도 내 주변은 언제나 고요했다. 세상에 꼭 그 단어만은 때묻지 않은 순수함으로 영영 그 자리에 있었으면 하는 바람이 있다.

잠들지 못해 뒤척이는 모든 마음들, 끝내는 부디 고요해지길 바란다.

Light
빛

빛은 '비물질적 물질'로서 다른 모든 물질을 드러나게 한다. 다만 물질이 윤곽을 얻는 것은 빛만의 활동이 아니라 물질에 내재하고 있는 어둠의 계기에 의해서 빛이 한정되기 때문이다.

- 헤겔, 『엔치클로페디(제3판) 자연철학』

물질에 내재하고 있는 어둠의 계기에 빛이 한정된다는 말, 그것은 물체가 내부적으로 지니고 있는 드러나지 않은 어떤 것에 빛이 통과하며 색을 얻는다는 의미다. 그러니까 색이라고 하는 것은 외부의 요소가 단순히 결정지어주는 사안은 아니다. 내 안에 잠재되어 있는 무언가가 나의 색을 결정짓는 중요한 가치인 것이다. 그 융합적 가치 속에서 우리는 '타자 안에서 보란 듯이 존재하는 내 삶'을 경험할 수 있다.

빛은 어디에 속하든 빛이다. 변하지 않는다. 질량이 없지만 고개 숙이지 않는다. 그저 나아갈 뿐이다. 헤겔은 타자 안에서의 내 삶, 그것은 사랑이라고 하였다.

자유

무엇이 나를 쓸모없게 만드나. 다른 이들의 편견과 생각 때문인가 아니면 정말로 내가 쓸모없는지도 모른다는 스스로의 좌절감 때문인가.

가끔은 아무에게도 기억되고 싶지 않은 날이 있다. 그럴 때면 내가 속한 영역을 벗어나 아무도 나를 모르는 곳을 조용히 걷고 싶다는 상상을 한다. 헌데 지금 이 공간에서 물리적으로 아무리 멀어진다고 한들, 그것이 진정한 자유일까. 비좁은 일상이 감옥처럼 느껴져서 회사를 그만두고 작가라는 직업을 택했을 때, 실은 완전한 해방을 경험했다라기보단 조금 더 넓은 감옥으로 옮겨 왔다는 생각이 들 뿐이었다.

자유로워진다는 건 어떤 것일까. 지금 여기에 만족하는 마음가짐일까, 혹은 무엇에도 상처받지 않는 단단한 자신감일까, 나는 여전히 그것에 대해 잘 모른다. 허나 분명 '자유'라는 것은 내가 타인을 위해 애쓰면서 그에 의해 자신을 잃어 버리는 일은 아닐 것이다. 그럼에도 때때로는 예외적인 현상들이 일어나기도 했다. 타인을 위해 애쓰면서 오히려 나의 행복이 커지는 것만 같은 느낌. 어쩌면 그것이야 말로 자유로운 우정과 사랑은 아닐까.

다만, 글을 쓰고 있는 동안에는 다른 무언가에 구애받지 않고 '몰입'하고 있는 나를 발견할 뿐이다. 단어 하나하나, 문장 한 줄을 엮어가며 한 권의 책을 이룰 때 그 과정 속에서 나는 무엇보다 스스로를 위해 헌신하고 있는 자신을 느낄 뿐이다.

소중한 사람

어린 아글라오네마는 울고 있는 여자를 보며 말했다.
"떠날 사람은 결국엔 떠나게 되고 머무를 사람은 어찌 됐든 내
곁에 있어주기 마련이야. 관계의 끝은 상황의 어려움이 아닌,
마음의 깊이가 얕음으로 비롯되기 때문이야. 상황도 상황이지
만 사람도 사람 나름이라 그래. 흔히들 자칫 작은 실수 때문에
멀어질 관계에 더 많은 주의와 배려를 기울이지만 실은 어찌
됐든 나를 이해해주는, 세상의 끝까지 내 곁에 있어줄 사람에
게 우리는 더욱 정성을 다 해야만 해. 그러니 명심하도록 하자.
언제까지나 내 곁에 있어 줄 존재들을 결코 당연시하지 않겠
다고."

기억의 오브제

바람, 수많은 의식의 흐름이 모여 이룬 오브제. 시린 기억들이 흘러드는 곳. 바람은 많은 정적인 요소를 흩어지게 만든다. 그 사려 깊은 촉감에 흔들리는 수많은 감정을 느끼고 있으면 어느새 나는 영혼이 존재하고 있음을 믿게 된다. 어쩌면 현실에 존재하고 있다는 것은 짙은 안개 속에서 희미하게 번지는 그 알 수 없는 감정들을 애타게 더듬어보는 일이 아닐까. 지표면에 슬그머니 부유하고 있는 흰 나비들 같이, 안아주려 해도 안을 수 없는 슬픔이여 안녕. 멀어져가는 것들이여 안녕. 서서히 잊히고 있는 것들이여 모두 안녕.

새벽 안개, 그 모든 외로움의 입자들이 내 주변에 서성이다 한숨처럼 푹 꺼지곤 했다. 마지못해 그 운명을 쓸어 담았을 때, 내 창백해진 잎사귀 곁에는 단 한 방울의 작고 서운한 새벽이슬만이 맺혀 있을 뿐이었다. 내가 추억하는 고독의 윤곽은 그런 모양을 하고 있다. 정확하게 원이 되지 못하고 비스듬히 무게중심이 내려앉은 형상. 잠들지 못해 셀 수 없이 많은 뒤척임을 겪고 난 뒤에 깨달은 느낌은 오랜 시간이 지나도 감히, 훼손되지 않는다. 어쩌면 나는 그날 밤만은 인간처럼 눈물을 흘렸을지도 모른다. 그것이 나의 첫 외로움이었다.

진눈깨비, 끝내 눈이 되지 못하고 내리는 불완전한 구체, 비도 바람도, 눈도 아닌 무엇, 닿으면 녹아 버릴까 이내 다가서지도 못하는 그 쓸쓸하고 어눌한 속마음 같은 고요. 어느 날, 당신의 뒷모습.

꿈

"우리 비록, 지금은 활짝 핀 꽃이 아니더라도 고개 숙이지 말자. 우리가 세상을 바라보는 시선이 곧 우리의 태도인 거니까."

F

25

**폐쇄병동으로의
휴가**

a short trip to
psychiatric ward

**폐쇄병동으로의
휴가**

초판 1쇄 인쇄 2019년 2월 12일
초판 1쇄 발행 2019년 2월 20일

지은이 김현경
책임편집 조혜정
디자인 그별
펴낸이 남기성

펴낸곳 주식회사 자화상
인쇄,제작 데이타링크
출판사등록 신고번호 제 2016-000312호
주소 서울특별시 마포구 월드컵북로 400, 2층 201호
대표전화 (070) 7555-9653
이메일 sung0278@naver.com

ISBN 979-11-89413-33-0 03810

이 도서의 국립중앙도서관 출판예정도서목록(CIP)은 서지정보유통지원시스템 홈페이지
(http://seoji.nl.go.kr)와 국가자료공동목록시스템(http://www.nl.go.kr/kolisnet)에서
이용하실 수 있습니다.(CIP제어번호: CIP 2019003731)

F / 25

**폐쇄병동으로의
휴가**

a short trip to
psychiatric ward

자화
상

말로 하기엔 다 담지 못할

얼마 전 친구가 3년 전 오늘의 사진을 보내주었다. 고 작 3년 전이었다. 그때의 나는 거의 모든 것을 놓았다. 우 울한 사람들을 위한 초콜릿 자판기를 만드는 일에만 집 착하던 때였고, 그 사진은 그 자판기를 함께 만들던 친구 들과 함께 눈과 입을 붙인 귤 사진이었다.

우울증 때문이었다. 언젠가부터 어느 것도 할 수 없었다. 작은 기숙사 방 2층 침대에 누워 내일이 없기를 바랐다. 내가 이렇게 된 모든 이유가 내 무능 때문이라 생각했다. 멋진 졸업 과제를 해내지 못하는 나의 무능, 디자인에 감각이 없으면서도 그때까지 붙잡고 있던 나의 무능, 방 밖으로 나가 밥 한 끼 제대로 먹을 의지조차 없는 나의 무능 때문이라 생각했다. 그렇게 학교 상담실 앞을 몇 번 서성거렸고, 대학병원 정신의학과에 다녔다.

학교를 졸업하고도 대부분의 시간을 집에서 보냈다. 여전히 무기력하고 무능했다. 때로 집 앞 카페에 나가 앉아 있다 집으로 돌아가는 길, 술을 사 와 집에서 마시는 일이 생활의 전부였다. 그렇게 친구들과 귤 사진을 찍던 때로부터 꼬박 1년이 지났다. "나와서 친구들과 시간을 보내자" 혹은 "운동을 하고 잠을 푹 자"라는 많은 말들에 내가 왜 그럴 수 없는지에 대해 말하려다 항상 입을 닫았다. 내가 겪고 있는 우울증, 조울증이라든지 공황장애라든지 하는 것들은 말로 설명하기엔 힘들었다.

그때, 책을 만들기 시작했다. 나와 같은 여러 사람들이 '어떻게 느끼는지'에 대해 모은다면 그것이 우리를 이해하기에 꽤 괜찮은 자료가 될 수 있을 거라 생각했기 때문이다. 지금으로부터 고작 2년 전이라 해도, 그때는 자신이 겪고 있는 우울증 같은 정신질환에 대해 말하는 사람이 거의 없었다. 우울증을 겪은 스물다섯 명 정도의 사람들의 이야기를 키워드 별로 묶은 책이 『아무것도 할 수 있는』(2016, warm gray and blue)이었다.

책이 꽤 관심을 받게 되면서 모두가 나에게 "요즘은 괜찮나요?" 물었다. "괜찮아요" 답했다. 그것이 사람들이 원하는 답변이라 생각했다. 사람들은 내가 그런 책을 만들고 책으로 인해 주변의 이해를 받으며 '괜찮아'진 스토리를 원한다고 생각했다. 하지만 전혀 괜찮지 않았다.

나는 그 후 일 년 사이 자주 동네 육교에 올라가 울었다. '괜찮지 않다'고 말해도 되는지 몰랐다. 때로 내가 SNS에 괜찮지 않음을 내비쳤을 때, 줄어드는 '팔로워'의 숫자가 보였다. 하지만 내가 여전히 괜찮지 않다는 것, 동시에 사람들이 나를 떠나가는 일도 여전히 무섭다는 것은 사실이었다.

죽으려고 했다. 별 이유는 없었다. 꽤 많은 사람들이 나를 좋아해주고, 회사에도 다니지 않고 취업을 하라는 금전적, 심리적 압박도 없었다. 누군가 '편하게 사니 그렇다' 말해도 수긍할 만큼 편했다. 한 달 내내 밤낮 술에 취해 있던 어느 아침, 천장의 행어를 한참 쳐다보고 있었다. 그때 모르는 사람으로부터 메시지가 왔다. 내가 한참 전 SNS에 ps로 달아놓은 '서울 정신과 추천 부탁해요'라는 말을 보고, 혹시 멀지 않다면 자신이 다니는 정신과를 추천한다는 말이었다. 그렇게 그 병원에서, 다른 병원으로, 또 대학병원 폐쇄병동으로 옮겨졌다. 이 책은 그때의 일기를 옮긴 책이다.

| 차례 |

말로 하기엔 다 담지 못할…4

학교에 있던 상담실에 처음으로 찾아갔었고, 약물 치료가 필요할 것 같다는 말에 대학 병원으로 갔습니다. 당시에 조울증이라고도 불리는 양극성장애와 공황장애로 일년 정도 기분 안정제를 먹었습니다. 병원에 가는 일이 귀찮아져서 의사와의 상의 없이 그만 먹었습니다.*

*상의 없이 약을 끊는 일은 아주 위험하다고 합니다.

조울증과 함께 살고 있습니다. '앓고' 있다 말하기엔 오르락 내리락 하는 감정의 굴곡을 나름대로 파도 타듯 잘 타며 지내고 있다 믿기 때문에 '함께 살고' 있다 말합니다. 조울증은 '양극성장애'라고 불리기도 하며, '조증 삽화' 기간과 '우울 삽화' 기간이 반복됩니다.

'조증'은 흔히 말하듯 신나고 기쁜 상태가 아니라, '무엇이든 할 수 있을 것만 같은' 상태를 뜻합니다. 끼니를 먹지 않아도 며칠 잠을 안 자도 괜찮은 상태가 됩니다. 하지만 마냥 좋은 상태라기엔, 근거 없는 자신감에 가득 차기도 하고, 감당하지 못할 일을 벌이기도 합니다.

그래서 지금의 저도 조증 상태로 이렇게 병원에서 나오자마자 원고를 정리하고 있습니다. 때로는 몇 주 동안 집 밖에 나가지 않기도 합니다.

일러두기 3 : 폐쇄병동

모든 정신과 폐쇄병동이 같지 않습니다. 조금 더 자유로운 일방병동 같은 곳도 있다 합니다. 제가 있던 곳을 소개해드리자면, 다른 분들의 말에 따르면 다른 곳보다 더 자유롭고 수용 인원이 적은 곳이라 합니다.

제가 간 병원에 있는 폐쇄병동에 주로 있던 환자들은 자살 기도를 비롯한 우울증과 초기 치매로 들어온 분들이셨습니다. 3교대로 24시간을 지키는 간호사 분들이 계시고, 간호사 분들을 돕는 보호사 분들이 계셨습니다.

휴대폰은 물론 사용이 되지 않고 가족에게만 전화할 수 있는 공중 전화가 있습니다. 면회를 할 수 있는 시간이 따로 있고, 가족만 면회할 수 있습니다. 친구들이 이 점을 모르고 저를 찾아왔다 돌아간 경우가 몇 있었습니다.

술은 물론이고 담배도 피울 수 없고, 죽거나 해를 끼칠 가능성이 있는 물건도 금지되어 수건마저도 반으로 잘라 씁니다. 끼니를 먹고 줄을 서서 약을 먹고 옥상 정원에 잠깐 나갈 수 있는 시간이 있습니다. 그 사이 빈 시간은 자유시간이고 간간히 치유 혹은 재활 프로그램이 준비되어 있습니다. 안에서 할 수 있는 일은 TV를 보거나 책을 읽고 탁구를 치는 일이 거의 전부입니다.

일러두기 4 : 준비물

저는 아무런 준비 없이 가게 되었습니다. 준비를 하고
갈 수 있다면 이런 준비물을 챙기거나, 주변 사람들이 준
비 없이 가게 된다면 이런 것들을 챙겨줄 것 같습니다.

스킨, 로션, 바디 워시와 같은 세안 용품

수건과 속옷

과자나 음료 같은 간식

읽을 책

플라스틱 컵과 커피를 마신다면 종이컵

열흘 간의 정신과 폐쇄병동에서의 일기를 모았습니다. 폐쇄 병동에서 쓰인 일기를 최대한 그대로 옮기되, 설명이 추가되어야 하는 부분들을 채우고, 저를 제외한 다른 환자들이나 친구들의 인적 사항이 드러날 수 있는 부분들을 삭제했습니다.

병동에서 써둔 글과 메모의 시간 순서를 따라가고는 있지
만 그 각각은 시간의 흐름과 관련이 없을 때도 있습니다.
또한, 교정교열의 과정에서도 일기의 투박한 형식을 살리
지만, 읽는 데에 불편함이 없을 정도로 교정되었습니다.

5월,

취한 날들

백반집을 나왔다. 담배를 두 개비 태웠다.

"있죠. 제가 살면서 딱 두 명한테 안아달라는 말을 했는데요.
첫 번째는 고등학교 1학년 때, 첫 번째 계주 주자일 때 3학년
선배 언니한테였어요. 두 번째는 대학 졸업 전시가 일주일 전
인데 해놓은 게 하나도 없을 때 후배한테요."

"안아드릴까요?"
"응."

"오월 내내 취해 있던 건 분명한데, 그 전은 기억이 안 나요. 모르겠어요. 그때 술을 마시다가 4월 30일에서 5월 1일로 넘어가서 제가 '벌써 오월이야!' 말한 기억은 나요. 그 뒤로는, 계속 취해 있었어요."

"의원에 제 발로 찾아간 건 알콜 중독이 아닐까 생각이 되어서라고, 처음엔 그렇게 말했었는데 실은 술만 마시면 자꾸 죽고 싶더라고요. 그런 생각이야 이제 익숙한데 이렇게까지 계획을 세운 적은 없었어요. 어제도 술을 아침까지 마셨어요. 오늘도 세 시간, 아니 두 시간쯤 잤나? 그리고 깨었는데 이런 생각이 들더라고요. 제 방 천장에 행어가 붙어 있는데, 거기 목을 매면 저게 떨어질까 하는 생각에 붙잡혀서 몇 시간을 누워 있다가 나왔어요. 이러다 정말 죽겠다 싶어서."

"서울에 괜찮은 정신과 의원 좀 알려주세요."

인스타그램 게시물에 이런 말을 덧붙였다. 다른 병원은 동네 아무 병원에나 잘 가면서 정신과와 치과만큼은 잘 찾아 가야 할 것만 같다.

연말에 오른쪽 이가 깨졌는데 아직 치과에 가지 못했다. 무섭기도 하고 돈이 많이 들 것 같기도 하고 또 괜찮은 곳을 알아서 가야 할 것 같았다. 정신과도 치과와 같은 이유에서였다. 우울한 정도와 조증인 정도의 폭이 널뛰는 게 느껴지면서도 정신과에 못 가고 있다.

죽고 싶다는 생각은 수도 없이, 이렇게 죽으면 될까 하는 생각도 많이 해봤지만 '오늘은 죽어야지!' 준비한 날은 한두 번 있었다. 지난 주말이었다.

지난 이주 내내 술을 마셨다. 분명 오월이 되는 시점에도 술을 마시고 있다가 "앗! 벌써 오월이예요." 하며 여름 냄새를 맡았는데, 술이 깨니 오월 중순이었다.

술만 마시면 죽는 얘길 했다. 결국 죽겠다는 건 아니고 죽을 거면 같이 죽자("그러니까 내가 죽기 전까지 죽지마!") 혹은 혹시라도 내가 죽으면 이태원에 있는 펍을 빌려 파티를 해달라는 말이었다. 최근에 우울증을 겪는 사람들의 인터뷰를 할 일이 더 있었는데, 다들 이상하게 죽는 얘길 많이 했다. 이상하리만치 자주. 내가 전공자나 상담사는 아니지만, 그래서 내 상태가 좋지 않은 것 같다 생각했다.

아침까지 술을 마신 후에 낮에 자고 강의를 하러 갔다. 해뜰 무렵 취해서 본 풍경을 해질 무렵 다시 마주했다. 수강생 중, 매일 밝은 요리하는 친구가 정장을 입고 나타났다. 웬일이냐 물으려는데 넥타이도 검다. 장례식에 다녀왔다 했다. 그의 지인의 딸, 나보다 어린 누군가가 스스로 죽었다고 했다. 지인은 장례 내내 어찌 먼저 가냐 욕을 하다 마지막에서야 미안하다 했다 한다. 수강생의 지인의 딸, 저 어딘가 알지 못하는 곳에서 알지 못하는 사람이 죽었다. 많이 슬펐다.

수업에서 한동안 이런 얘길 함께 나눴다. 한동안 집에만 있었다던 다른 수강생은 내게 동물을 키워보는 게 어떻겠냐 해맑게 물었다. 제가 당장 내일에라도 어떻게 될지 몰라서 못 키운다 말했다. 살아야 하는 부담이 싫다.

수업을 끝내고 어느 서점 사장님과 함께 술을 마셨다. 나보다 일고여덟 살이 많은 사장님은 이 얘길 듣고, 갈수록 점점 죽는 친구들이 많아지는 것 같다 말했다.

5월 15일 2

주말엔 울었다. 비가 왔다. 비가 범람해서 내 작은 방에 가득 찬 것 같았다. 그래서 질식할 것 같았다. 바로 오늘이다, 연락할 사람도 붙잡고 울 만한 사람도 없다, 하는데 훈련소에서 나온 친구가 떠올랐다. 얘는 한번 볼 수 있지 않을까, 봐야 하지 않을까. 술을 마시자 연락을 했더니 서울을 반 갈라 반대편에 살면서도 밤 늦게 온다 했다. 온다고 했을 때부터 눈물이 났는데 가서는 까까머리라고 실실 웃으며 훈련소가 어땠냐고 물었다.

술집에서 너댓 시간을 실실 쪼갰다. 그러다 사다둔 크루저를 마시다가 엉엉 울었다. 잘 지내는 것 같다고 멋있게 산다는 친구의 말에, 사실 나는 안 괜찮다며 울었다. 친한 언니가 장문의 카카오톡 메시지를 보냈다. 그래서 더 엉엉 울었다. 언니한테는 짜증난다고 죽고 싶은데 언니 때문에 못 죽으니까 언니가 짜증난다고 메시지를 보냈다.

오늘도 아침부터 어떻게 죽을까 생각하다가 역시 죽는 것보다는 병원에 가는 게 덜 무섭겠다고 생각했다. 수업도 끝내야 하고 책도 만들어야 하고 또 수업을 해야 하고 또 책을 만들어야 하고 이러다 보면 못 죽지 않을까.

동시에 왜인지는 모르겠지만 어제부터 사람들이 뜬금 없이 기프티콘을 보내왔다. 책에서 옛날 옛적 기프티콘 이 위로가 되었어요 하는 소릴 해서 그런가. 그건 모르겠 지만 한 명은 바나나 우유를 다른 한 명은 바나나 우유랑 먹으면 맛있을 거라며 뭔 빵을 보냈다. 짜고 하나씩 보내 나 싶었는데 그건 아닌 것 같고. 이걸 다 먹을 때까지 카 카오톡 탈퇴도 못 한다.

나는 쫄보라서 죽지는 않을 것 같다. 다만 조금씩 죽는 거란 생각으로 더 골초가 될 것 같다.

짜증나. 울었어요
왜 나는 이모냥인데 내 친구들은 또 이렇게
따뜻하지 하고. 짜증나. 정말 짜증나요
좋아서 슬퍼서 고마워요

짜증나
언니도 짜증나
나는 너무 싫은데
사는 게 싫은데
언니 때문에

그날, 술에 취해서

　나는 어제 엊그제의 그를 그리워했고, 지난 가을에 지난여름의 그를 그리워했다. 여름의 그는 봄의 나를 그리워했고 봄의 나는 겨울의 그를 그리워했다. 여름의 소설에 봄의 바다를 미안해했다. 우리는 모두 울고 난 얼굴을 하고 있으면서도 사람은 모두 울고 난 얼굴을 했다는 시집을 읽을 수 없어 서로 미안해했다. 여름이 되면 지난여름에 그늘에 관한 노래를 듣고 우리는 서로를 미안해했다. 하지만 우리에게는 다음 주라는, 한 주 더 살아남을 기한이 더 생겼을 뿐이다.

　주말엔 죽으려 했다. 그냥 버릇처럼 죽고 싶다 말하는 거라기엔 구체적인 계획을 세웠다. 내 앞에는 수업 수강생들과 내가 보낼 책을 기다리는 서점들과 나와의 술자리를 기다리는 이들이 있었다. 사실은, 아무도 상관 없었지만 우리 집에 내가 죽지 말라고 죽치고 주말 내내 잠든 짜증나는 이 때문이다. 걔만 없었더라도, 하다가도 월요일이 밝자 또 걔가 없었더라면, 한다. 밖에서 가장 먼저 들은 소식은 부고였다. 지인의 지인도 아니고 지인의 지인의 가족. 알지 못하는 누군가 죽었다.

　오늘도 죽지 않아야 다시 만날 수 있는, 카카오톡 메시지 따위를 보낼 수 있는 친구를 헤고, 할 수 있었던 일을 헤고, 거지같이 사랑하는 이들을 헤아렸다. 네가 바나나 우유 기프티콘을 보내지 않았어야, 내게 답을 하지 않았어야, 찾아오지 않았어야, 죽을 수 있었다고 혹은 그래서 살 수 있었다고.

첫 번째 의원

지난 밤을 기억해보면, 사케에 만취하고도 집 앞 맥주집에 들러 문을 닫을 때까지 혼자 또 맥주를 마셨다. 취한 이를 집에 데려다주고, 맥주집에서 혼자 맥주를 두 잔 마시며 랩탑을 꺼냈던 기억이 난다. 그 후로 두세 시간을 자고 아침 일찍 깨어나, 천장에 달린 행어를 째려보고 있었다.

마침 알지 못하는 누군가가, 나의 SNS 팔로워 중 하나가 그리 멀지 않은 곳의 정신과를 알려주었다. 자신이 다니는 곳인데 꽤 괜찮다고 했다. 이대로는 안되겠다 싶어 대충 세수만 하고 머리를 질끈 묶고 택시를 탔다. 나오기 전, 헐렁하고 얇은 검은색 티셔츠를 입고 싶은데 없다는 사실에 짜증이 나서 또 눈물이 났다. 그 동네가 멀지 않은 줄 알았는데 꽤 거리가 있었다.

병원 건물 엘리베이터에서 친절한 할아버지를 만났다. "오늘 날씨가 너무 덥죠?" 물으셔서, "이제 여름이네요." 답했다. 여러 병원이 모여 있는 층까지 함께 올라갔는데 굉장히 친절하셔서 어디가 아프신지 물어 보려다 기운도 없고 오지랖인 것 같아 그만뒀다.

우울한 표정으로 정신건강의학과 의원에 앉아 있는데 옆에서 화기애애하게 젊은 여자와 어느 할아버지, 아니

아까 그 할아버지가 날씨 얘길 나누고 있었다. 정신과에 온다고 사람들이 마냥 어둡지는 않다.

할아버지와 대화를 나누던 예쁘게 화장을 한 젊은 여자가 갑자기 내 옆에 앉았다. 맛이 많이 간 건가 생각했다. 여자는 곧이어 내 이름을 부르며 내가 나인지 물었다. 나는 어떻게 여기서까지 누가 날 알지, 내가 그렇게 유명해진 건가 하는 생각을 잠깐 했다. 그 여자는 내게 그 정신과를 알려준 팔로워였다. 마침 의사에게 보여줄까 들고 왔던 우울증 수기집 『아무것도 할 수 있는』을 건넸다. 여자는 한참 미안해 하다 고맙다며 받아 들었다.

진료실에서 의사는 내게 몇몇 질문을 하고 컴퓨터가 아닌 종이에 글자를 흘려 썼다. 그간 다녀본 대학 병원과 대학 병원의 의사와는 달리 인간적이고 친절했다. 누군가 눈을 보고 말하고, 의사가 컴퓨터가 아닌 손글씨를 쓰는 것만으로도 조금 위로가 되었다. 의사는 "말하신 대로라면 입원 치료를 하는 편이 나을 것 같아요." 말했다. 그러곤 가까운 병원에 가보라며 다른 곳을 소개시켜 주었다. 혹시 그 병원이 맞지 않으면 다시 와도 된다고 덧붙였다.

진료실에서 나오니 여자가 나를 기다리고 있었다. 여자는 내게 밥이라도 먹자고 했지만 나는 밥을 먹을 마음이 없었다. 모르는 누군가와 이야길 할 기분도 아니었다. 평소 같았으면 모르는 이에게 살갑게 대했겠지만, "담배 좀 피워도 되나요?" 물었다. 처음 보는 사람이 밥이라도 먹자는데 무례하게 담배를 피우면 나에 대한 관심이 떨어지지 않을까 생각했지만 여자는 괜찮다며 여전히 웃는 얼굴이었다.

여자와는 커피를 마셨다. 카카오톡에는 "제가 왜 살아있죠"가 가장 위에, 사람을 잘 못 만난다는 말이 두 번째에 있었다.

여자는 내게 SNS에서 보던 이미지와 많이 다르다며 영화 〈멜랑콜리아〉의 여주인공을 보는 것 같다 말했다. 무기력하고 우울하기만 한 영화라 재미는 없다고 덧붙였다. SNS에서 비춰지는 내가 어땠냐 물으니, 뭐든 열심히 하고 밝고 재미있는 사람 같았다 말했다. 나는, "그렇죠. 다들 그렇게 생각할 거예요. 이제는 알거든요. 그런 데서 우울한 얘기 하는 거 실은 사람들이 되게 싫어하는 거" 답했다.

여자는 자신이 폐쇄병동에 갔던 얘길 꺼냈다. 아주 심심했다고, 거기서 살도 많이 빠졌다고, 그런 이야길 웃으며했다. 이렇게 물어도 실례가 되지 않을 사람 같았지만 '실례가 되지 않는다면' 하는 말을 대충 붙이고 자살 시도를했냐 물었다. 여자는 그렇다고 답했다. 이제는 정말 여름같은 쨍쨍한 날 여자의 자살 시도와 폐쇄병동 이야기를 들었다. "이런 날 이 좋은 데서 이런 얘길 하는 것도 꽤 이상하네요" 말했다. 날씨가 죽는 얘길 하기엔 너무 좋았다.

　나는 가지고 다니던 83년도판 『이상 전집』을 자랑했고 여자는 이상의 수필 몇 가지와 몇 구절을 얘기했다. 여자는 좋은 사람이었고 좋은 시간이었다.

　대충 끼니를 때우고 택시를 타고 갈 때 언젠가 상담 선생님께서 해주셨던, "우리가 겪는 시간이 나쁜 것만은 아니래요, 더 착한 사람들이 많아요" 하는 말을 할까 말까 고민하다 안 하기로 맘 먹었다. 택시가 안 와 결국 그 말도 했다.

　곧 보자고 또 보자고 했다.

　실은, 속으로 다시 만날 수 있을까 생각했다.

아무것도 할 수 있는

　종종 주변에서 울다가 웃고, 웃다가 화내는 사람들을 보고는 농담 삼아 "너 조울증이냐?" 묻는다. 하지만 조울증은 농담처럼 말할 그런 병이 아니다.

　조울증과 함께 살고 있다. 나를 관찰해본 결과, 한 달 반 정도는 잠도 거의 안 자고 잘 먹지도 않고 일을 벌이고 모든 일에 자신만만해진다. 그리고 다음 한 달 반 정도는 우울하고 무기력하고 집 밖에 나가거나 사람을 만나기 어려워진다. 전자인 상태를 조증 삽화, 후자인 상태를 우울 삽화라 말한다. 나는 그 갭이 엄청나게 커서, 조증 삽화일 때에는 한 달이면 책 한 권을 써 만들 수도 있지만, 우울 삽화일 때에는 술을 마시고 집 안에서 죽음에 대해서만 떠올리며 시간을 흘려보낸다. 때로는 그래서, 사람들이 빠르게 자주 무언가를 척척 해내고 만들어내는 내게 "정말로 우울증이 맞냐?" 물으며 의심할 때도 있다. 그럴 때마다 나는 조울에 대해 설명해야 한다. 사람들이 볼 수 있고 만날 수 있는 나는 언제나 조증인 상태에서의 내 모습이기 때문이다.

　처음 '조울증'에 대해 상담 선생님에게 들은 때가 기억

난다. 어떤 때에는 집 밖을 나갈 수 없어 상담 시간에도 못 나갔지만, 어떤 때에는 며칠 밤을 새워 과제를 한 다음 자신만만하게 상담실에 찾아가 "이제 안 와도 될 것 같아요" 말했다. 상담 선생님은 내게 어쩌면 조울증일 수도 있을 것 같다며, 동시에 내게 가끔 찾아오는 '참을 수 없는 이상한 상태'는 공황장애인 것 같다는 말과 함께 병원에서의 약물치료를 권했다. 나는 '조울증'이라는 말에 "저는 행복하거나 웃는 때는 없는데요" 답했고, 상담 선생님은 조울증이란 마냥 행복하거나 즐거운 상태가 아니라 위에서 말한 것처럼 자신만만해지고 아주 생산적인 상태가 되는 것이라 말해주셨다.

병원에서도 비슷한 이야기를 듣고 돌아와 상담 선생님으로부터 조울증과 그 환자들에 대해 들었다. 조증인 상태를 자신의 기본 상태라고 생각해 우울한 상태를 더 인정하기 어렵다고 했다. 그래서 또 어떤 사람들은 조증인 상태를 위해 조울증을 치료하고자 하는 의지가 낮다고 했다. 조울증 치료는 조증 삽화와 우울 삽화의 양 상태의 폭을 전체적으로 줄이는 것을 목적으로 하기 때문이다. 나 또한 그렇다.

의사 선생님은 나의 조증과 우울의 주기에 대해 살펴보라 말씀하셨다. 대략 한 달 반 정도라고 추측된다. 이 주기라는 것을 알게 된 이후 조금 달라진 점이 있다면, 언젠가는 다시 자신만만하고 뭐든 할 수 있을 것 같은 내가 돌아올 것이라는 걸 알기에 어둡기만 한 시기를 기꺼이 보낼 수 있다는 것이다. 그렇게 조울증과 함께 파도 타듯 살고 있다.

의원에서,
병동까지

참다운 친구는 _____

참다운 친구는 ___수고했다고 그만둬도 된다고 말해주는 친구.___

문장을 채우는 검사지에 이렇게 썼더니 의사 선생님이 거의
화를 내셨다. 이런 말을 하면 안되겠구나, 생각했다.

아픈 사람은 사람은 많고 병원은 부족하다

　첫 번째 의원에서 추천해준, 집에서 더 가까운 의원에 찾아갔다. 예약 시스템 자체가 없는 병원이라, 전화를 해보니 기다릴 순 있지만 언제든 와도 된다고 말했다. 그보다 더 가까운 병원에도 전화를 했지만 예약이 몇 달 밀려 있다 했다. 그 전에 누군가 알려줘 가보려던 병원도 몇 달 동안 예약이 밀려 있다 했다. 지금 당장 죽을 것 같아 전화를 했는데, "8월 말에 예약을 잡아드릴까요?" 하는 식의 답변이 돌아왔다.

　도대체 그토록 많은 사람들이 예약이 밀릴 정도로 정신과 병원에 가야 하는 사실도 이상했고, 내가 조금만 더 정신이 나갔더라면 그저 병원에 가지 못해서 나쁜 선택을 할 수 있을 거라 생각했다.

두 번째 의원에서는 의사가 '왜 왔는지'와 몇 가지 질문을 했다. 나는 "술을 너무 많이 마시고 술을 마시면 자꾸 죽고 싶어서요." 말했다. 그 말을 할 때까지도 전날 마신 술이 깨지 않았다.

병원에는 오후 내내 있었다. 보기만 해도 한숨이 나오는 수많은 종이의 검사지에 체크를 했다. 예전에 해본 것들이지만 결과를 알지는 못한다. 그중에서도 문장 채우기가 가장 싫은데, 상담을 받을 때 그 문장 채우기가 너무 싫어서 "저 이거 해야 하는 거면 상담 안 받을래요. 못 하겠어요"라고 말하고 나왔던 게 떠올랐다. 그날은 모든 문장을 채우긴 했다. 조금 나아진 걸까 생각했다.

알코올 중독 검사지

　알코올 중독 검사지에 하나 빼고 모두 동그라미. 그 나머지 하나마저 '배우자(혹은 연인)'이었는데 '배우자(혹은 연인)'가 없어서 동그라미 하지 않았다. 그리고 옆에 '배우자(혹은 연인)가 없음!'이라 써두었다. '6개월 내에 두 번 이상 필름이 끊긴 적이 있냐고? 이번 주에만 해도 두 번 이상인데.' 생각했다.

이전에 상담을 받을 때, 대학 병원에 다닐 때, 뭐든 솔직하게 말해달라고 하셨다. 이번엔 정말로 솔직하게 말해야겠다 생각했다. 솔직하되 눈물은 나지 않게. 그렇게 말하려면 내 얘기가 아니라 재미없게 본 영화나 소설에서 읽은 이야기처럼 해야 한다.

"어떻게 죽으려고 했어요?" 하는 식의 질문에도, 어차피 초점이 맞지 않지만 저 멀리를 보고 더 아무렇지 않은 척 남 얘긴 척 답했다. "목 매고요" 짧게 답했다. 이런 식의 질문과 답변이 몇 번 이어졌다. "정말로 그렇게 생각해요?" 말하며 심각해지는 의사 선생님 표정이 보였다.

너무 솔직하게 말했나, 싶었다.

다시 상담을 했다

상담의 분위기도 의사의 표정도 내 상태도 많이 심각해지고 있는 것 같았다. 의사는 내일 당장 부모님과 함께 올 수 있냐 말했다. 나는 집에 나와 산 지도 오래되었고 병원에 다녔어서 부모님한테 말은 안 해도 된다고 했다. 의사는 한숨을 한 번 쉬고 안경을 벗고 머리를 쓸면서 "그러면 지금 전화할까요?" 말했다. 나는 "놀라실 수도 있으니 제가 오늘 전화드리고 내일 전화로 말씀하시면 될 것 같아요" 답했다.

의사 선생님은 오늘은 절대 술을 마시지 말라고 내일 꼭 와야 한다고 몇 번을 말했다. 정말로 하루치 약, 그날 취침 전 약과 아침 약 두 봉지를 받았다.

"그래서, 그러다 정말로 죽은 사람들은 그렇게 생각 안 했을 것 같아요? 그냥 죽을 거에요?"
그렇게 말하는 의사 선생님 눈이 빨겠다.

집으로 돌아오면서 생각하길

정신과에서, 독립한 20대 후반에게 부모님과 함께 오라 할 일은 없다. 그 사실을 굳이 밝힐 이유도 없다. 두 번째 의원의 의사 선생님은 말하지 않았지만, 첫 번째 의원의 의사 선생님이 넌지시 말했던 것처럼 폐쇄병동에 가야 하는 걸까. 내 생각보다 내 상태가 더 안 좋은 걸까.

그날 돌아와, 혹시 몰라 덜 마쳐둔 일을 다른 사람들에게 맡기고 사라질 수 있을 만큼까지 일을 해두고 정리하기 시작했다.

집에 돌아와 엄마한테 문자를 보냈다. 치과에 갔었고 돈이 많이 든다는 말 뒤에 짧게 정신과 의사 선생님이 내일 전화를 한다는 말을 덧붙였다. 엄마한테 전화가 왔다. 한 번은 안 받고 그 다음에 받았다.

엄마는 요즘에도 힘드냐고, 계속 다니고 있었던 거냐고 물었다. 나는 아니라며, 대충 '술이 너무 땡겨서' 정신과에 다시 가봤다고 답했다. 어차피 내일 의사 선생님께 내 상태에 대해 들을 테고, 그 하룻밤 내내 엄마가 불안해 하고 걱정할 것을 알고 있기 때문이었다. 차라리 내가 오늘 엄마한테 "술을 안 먹겠다는 의지를 가져보지 그래" 하는 소리를 듣는 게 나았다. 엄마는 그런 말도 했지만 또 상태가 많이 안 좋냐며 내일 병원에 함께 갈까 물었다. 안 와도 된다고 그 정도는 아니라고 답했다.

고등학교 때부터였으니까, 집에서 나와 산 지 꽤 오래
되었다. 바쁜 부모님을 대신해서 뭐든 알아서 하는 일은
익숙하다. 가족에게 걱정을 안 시키는 일은 내가 해야하
는 일 중 하나다.

친구들이나 다른 사람들에게 폐를 끼치고 싶지도 않
다. 내가 잘 지내나 우울하진 않나 살아 있나 걱정하는 친
구들, 지인들의 연락을 받는 것도 부담스럽다. 잘 지낸다
고 잘 지내는 모습만 보여주고 싶다.

이제는 잘 모르겠다.
도와달라고 말해야 할 것 같다.

하나뿐인 저녁 약을 잃어버렸다

　사실 저녁 약 한 번을 더 먹거나 안 먹는다고 좋아지거나 나빠지진 않지만, 약이라도 안 먹기엔 너무 불안했다. 울먹이며 병원에 전화를 했는데 전화를 안 받았다. 다시 전화를 하니 받으셨다. 가도 되냐고 오늘 쉬는 날 아니냐고 물었다. 간호사 분은 쉬는 날이 아니라고 쉬는 날은 없다며 나를 안심시켰다. 왜 쉬는 날이라고 생각했는지는 모르겠다. 의사 선생님은 왜 약을 잃어버렸냐고, 집에 안 됐냐고 물었다. 나는 모르겠다고 울면서 답했고 그렇게 약을 다시 타 와서 먹었다.

엄마는 남이 아니야
힘들면 힘들다 하고
기쁜 일 있으면 서로 웃고
언제 올 거니?

　집 나가기 전에 엄마가
　마지막으로 한 말이
　정신병자라고 나가 죽으라고
　한 거였잖아. 별 거 안 한다고
　쓰레기 취급하고.

엄마가 미안하다
정말 엄마가 미안해
못난 엄마가 미안하다

어제 온 건 그냥 집에 있을 수
없어서 온 것 뿐이야

11시 반에 병원으로 갈 거야

서울 지리도 잘 모르는데
딸 같이 가자

택시 타고 와

집에는 지난 설에도 안 갔었다

집에서 나올 때, 엄마와 크게 싸웠다. 엄마와 둘이서 밥을 먹다가 고등학교 친구들 중 누가 어느 대학원에 갔느니, 누가 어느 대기업에 갔느니 하는 얘길 했다. 엄마는 내가 '취미 생활'을 하거나 '놀고' 있는 거라 생각한다고, 생각했다. 예전에 그런 말을 들었기 때문이었다.

몇 마디 더 나누다 엄마가 "그런 말이 아니잖아" 하며 화를 냈다. 나는 왜 화를 내냐며 화를 냈다. 나는 "엄마는 내가 무슨 생각을 하고 사는지, 왜 이러고 있는지, 사람들이 얼마나 나한테 고맙다는 말을 자주 하는지, 얼마나 자주 우울하고 죽고 싶은지도 모르지?" 말했다. 엄마는 어떻게 아냐고, 말을 해줘야 알지, 하며 화냈다. 나는 그 길로 엉엉 울며 미친 사람처럼 짐을 싸고 서울에 다시 올라왔다.

그날 서울에 오면서 여러 나쁜 이야길 듣게 되었다. 그 얼마 전에 만나던 사람이 바람을 피웠다는 이야기도 있었고, 몇 가지 다른 나쁜 이야기도 있었다. 버스를 타고 한강을 건너며 그날 밤에 정말로 죽어야겠다 생각했다. 동서울 터미널에 내려 본 영화도 짜증이 날 정도로 재미가 없었다. 내가 죽어서 나를 힘들게 한 사람들이 죄책감을 느꼈으면 좋겠다고 생각했다. 늦은 새벽, 강변역 근처 어딘가에서 훌쩍훌쩍 울었다.

새해가 되고 여름에 가까워져서야 처음 본 엄마가 나와 함께 의사 선생님께 들은 이야기는 나를 혼자 두면 안 된다는 말이었다. 의사 선생님의 표정은 좋지 않았고, 엄마는 내게 함께 2주 정도 여행을 갔다가 한 달 정도 대구 집에 함께 있자고 말했다. 항상 아빠와 사이가 좋지 않았기 때문에, 아빠가 그동안 다른 데에 있더라도 집에 있자고 했다. 나는 그때까지도 내가 집에 있을 때 얼마나 스트레스 받았는지 모르냐며, "집에 가면 자살할 거야" 분명하게 말했다.

의사 선생님은 "그러면 갈 곳은 병동밖에 없어요. 병동에 갈래요?" 물었고, 나는 끄덕였다.

병동에 가기까지 사흘간은 기억이 거의 나지 않는다

  정신과라도 병원에 가는 일에 거리낄 것 없다. 나는 극구 괜찮다 말했는데 친구 P가 함께 병원에 가겠다며 따라왔다. 무엇이 먼저고 다음인지는 기억이 나지 않지만, P는 두어 번 서울 끝에서 끝으로 찾아왔다. 같이 병원에 갔고 차를 마시기도 했고 놀기도 했다. 어느 날도 친구가 가면 죽어야겠단 생각을 하고 또 무언가를 두려워하고 있었다. 나는 P에게 제발 가라고 막차라고 택시비를 줄 테니 지금에라도 가라고 했다. P는 싫다 좋다 하는 말도 없이 꾸벅꾸벅 졸다 깨다 담배를 태우다 하는 나와 같은 공간에 존재하기만 했다.

  결국 P는 소파에서 자는 내 옆을 지키고 있다 아침에서야 떠났다.

P와의 짧은 대화: 그 주에 무슨 일이 있었던 걸까.

H   무슨 일이 있었던 거지? 기억이 안 나.

P   저도 잘 모르겠어요.

H   종로에서. 익선동에서 논 기억은 있잖아.

P   그쵸. 다음 날 하남에 가려다가 왔던 것 같은데.

H   내가 병원 혼자 가도 된댔는데 굳이 왔잖아.

P   네.

H   근데 생각해보면 병원 가는 날이 아니었는데.

P   그냥 왔죠. 보려고. 서울 좁은데 뭐. (웃음) 백수라서.
       걱정도 되고. 그래서 왔었죠. 그냥.

H   그냥 놀러왔는데 내가 막 약 잃어버렸다고 한 거야?

P   맞아. 약 없어져서 택시 타고 가고.

H   나 정신이 안 차려졌던 것 같아. 기억도 거의 안 나고.
       어떻게 왜 갔는지를 뭘 했는지를 모르겠어.

P   되게 예민했던 것 같아요. 언니가.

H   내가?

P   택시를 타고 가기로 했는데. 첫 번째 택시였나? 택시가 뭐
       가 잘못 되서 언니가 그때 되게 예민했던 것 같아요.

H   찡찡대고?

P   언니가 그런 모습 한번도 본 적이 없거든요.
       원래 안 그런데 택시에 전화해서 막 뭐라 하고.

H   욕하고 그랬지?

P   욕은 안 했어요. 약간의 시비조?
       술 마신 사람처럼. 술은 안 마신 것 같았는데
       어쨌든 되게 날카로워 보였어요.

H   그 전날은 안 그랬잖아.

P   그쵸.

H 그러니까 너가 왔는데 약 없다고 해서 택시 타고 가서. 약 받고. 다시 돌아왔다.

P 어떻게 할까 고민하다가 있기로 했어요. 걱정돼서.

H 우리 고기 먹었다 그치. 셋이서.

P 그때 언니가 아침 약을 애매한 시간에 먹었어요. 병원 갔다 와서니까 여섯시. 일곱시? 많이 졸려 보였어요.

H 계속 잤지?

P 네. 전 공부할 것도 있고 뭐. 걱정이 되어서 남아 있었죠. 그렇게 아침까지 있었죠. 아침 차를 타고 갔고. 그리고 그날이 금요일. 언니 입원한 날.

H 내가 너한테 입원할 수도 있다고 그 전에 말했었잖아. 그때는 어땠어?

P 하나보다. (웃음) 나도 그래봤으니까. 옆에 사람이 있어야 하죠. 그럴 때. 진짜 혼자 있고 싶은 거 저도 아는데, 친구들이 안 놔주고.

H 나중에 생각해보면 좋았던 거야?

P 좋았다기보다는. 그 순간에 본인이 느끼기에 엄청 필요한 건 아닌데 고마운 거죠. 혹시나 해서 사람을 붙여놓는 거잖아요. 환자 입장에서는 아무 짓도 안 할 건데 안 죽을 건데. 그걸 아는데 혼자둘 수가 없어서. 혹시나라는 변수가 있으니까.

H 내가 5월에 술 마시고 다닐 때 본 적은 없지.

P 용산에서 영화 보고 나서. 그때 엄청 취해서.

H 그건 4월이야.

P 그래요?

H 너도 힘들구나.

P 저는 아무 생각이 없어요. (웃음)

폐쇄병동으로,

응급실에 다치지 않고
울고 있는 사람은 나 혼자였다.

정신과 의원에 엄마와 함께 갔다. 의사 선생님은 내게 잠깐 나가 있어보라 한 후 얼마 간 엄마와 이야길 나눴다. 나를 다시 불러 "병동에 가도 괜찮죠?" 물었다. 나는 "정신 병원 말하는 거죠?" 되물었다. 가고 싶다고 했다. 그리고 의사 선생님께서 폐쇄병동이 있는 여러 병원에 전화를 돌리셨던 기억이 난다. 집에서 가장 가까운 대학병원은 병동에 자리가 없다고 했다. 정신과 병동에마저 자리가 없나, 생각했다.

어느 병원에 자리가 있다고 해서 엄마와 택시를 타고 갔다. 나는 그 내내 거의 정신을 못 차리고 반쯤 잠들어 있었던 것 같다.

입원실 문의하러 왔다 분명 말했는데 말도 없이 피를 뽑고 수액을 맞춰주겠다 했다. 당직 의사는 나에게 엄마와 사람들이 있는 데에서 "왜 죽고 싶어요? 어떻게 죽으려고 했는데요?" 물었고 나는 울었다.

나는 "몸이 아픈 게 아니라 병동에 자리가 있는지 물어보러 왔다" 말했다. 그렇게 2, 30분을 응급실에 머물렀던 것 같다. 한참 수액을 맞고(몸이 안 좋은 것도 아닌데) 이것저것 검사를 하다가 갑자기 입원실이 없다며 나가라고 했다. 그리고 접수와 수액비로 6만 얼마를 내라 했다. 입원실에 대해 물으러 온 거라 먼저 말했는데 필요 없는 진료를 왜 하고 먼저 청구하느냐 말했다. 접수와 간호사와 당직 의사는 서로 떠넘겼다. 기운이 없어 쓰러질 것 같았다.

엄마는 괜찮다며 그냥 계산을 하고 다른 데로 빨리 가려 했는데, 나는 잠깐만 있어 보라 하고 욕을 하고 나왔다. ○병원의 김○○에게 욕을 하지 못하고 온 게 아쉽다.

병동을 찾으러 다니면서

정신과 의원만 가려 해도 "8월 말에 예약해 드릴까요?" 라는 답변이 돌아왔다. 큰 병원은 시스템과 사람들이 좋지 않다고 생각했다. 학교에서 공부했던 PSSD*의 사례 중에 왜 병원의 시스템 리디자인 프로젝트가 많았는지 크게 체감 중이다. 대학병원이 중형 병원보다 조금 더 나은 것 같다. 응급실에 있다 보면 모르는 사람들이 오며가며 "왜 죽고 싶어요?" "어떻게 죽으려고 했어요?" 하는 질문을 들었다. 그런 이야길 백번씩 듣는 것보다 차라리 자살 시도를 하고 곧바로 들어가는 게 제일 빠르고 정신 건강에도 좋을 것 같다.

*PSSD: Product Service System design, 제품 서비스 디자인.

왜 죽고 싶어요? 어떻게 죽으려고 했어요?

입원했던 병원으로 택시를 타고 갔다.

그곳 당직 의사도 똑같이 "왜 죽고 싶어요? 어떻게 죽으려고 했어요?" 물었다. 나는 그 질문을 들을 때마다 울었다. 조금 다른 점은 이전 병원에서는 말투에 '도대체 왜요?' 하는 느낌이 배어 있었는데, 그곳 의사는 조심스레 묻고 대답하고 싶지 않으면 안 해도 된다고 말했다.

왜인지 나는 알 수 없었지만 한참동안 응급실에 머물렀어야 했다. 나는 그 시간 동안 일을 함께하던 사람들에게 연락을 하고, 어떻게 처리하면 되는지, 도와줄 사람은 누구인지 알려줬다. 예를 들어 책자 작업의 파일 저장 방법은 어떻고, 어떤 종이를 쓰면 되고, 돈은 누구에게 주면 되는지, 문제가 생겼을 때 물어볼 사람은 누구인지, 하는 식이었다.

나중에 나와서 보냈던 카카오톡 메시지를 봤는데 그 정신에 어떻게 그런 것들을 보내두었나 싶었다.

내 일을 대신할 만한 H를 응급실로 불렀다

나는 랩탑을 넘겨주고 내가 맡고 있던 일들을 정리해서 알려주었다. 사업자 카드도 넘겨주며 랩탑 비밀번호나 계정 아이디와 비밀번호, 공인인증서 비밀번호와 카드 비밀번호 같은 것들도 알려주었다. 나중에 알게 된 바로는 한 가지를 잘못 알려줘서 돈 처리를 하나도 못 하긴 했지만.

H가 오기 직전에 담배를 피우고 싶다고 나갔다 와도 되냐 의사에게 물었다. 의사는 안 된다고 했다. 아마도 잠깐 나가는 사이에 죽을지도 몰라서 그런 것 같았다. 나는 안 죽는다고 내가 그렇게 심각한 건 아니라고 했으나, 그러면 엄마와 함께 나갔다 오라 말했다. 엄마는 내가 담배를 태우는 사실을 모른다고 했으나 의사는 말하는 수밖에 없다고 했다. 나는 그 사실이 답답하고 분해 응급실에서 팔짝팔짝 뛰며 엉엉 울었다. 의사는 진정제를 맞아야겠다고 말했다.

나중에 알게 된 사실이지만 병동에서 진정제를 맞는다는 건 안정실 침대에 묶어놓고 진정제를 놓는 거였다. 곧이어 H가 왔고, 나는 "친구 왔으니까 같이 나가도 되죠?" 물었다. 의사는 약간 분한 얼굴로 "이러려고 친구 불렀죠?" 물었다. 나는 아니라고 억울해하며 5분 동안 나갔다 올 수 있었다. 마지막일 것 같아 담배는 두 대 피웠다.

담배를 태우러 갔다 와서는 친구들에게 전화를 했다. 내 상태가 많이 좋지 않다는 사실을 알던 친구들도 있었고, 내가 곧 폐쇄병동에 들어가게 될지도 모른다 말했던 친구도 있었고, 잘 지낸다고 알던 친구들도 있었다. 겨우 대여섯 명과 짧게 통화를 했는데 다들 차분한 목소리로 전화해줘서 고맙다고, 잘 쉬다 오라고들 했다.

안녕하세요. 김현경입니다.

그동안 많이 힘들었고 여러 정신 질환에 알콜중독으로 더
이상 버틸 수가 없어 정신과 병동에 들어갑니다. 한동안
연락이 안 됩니다.

하는 일과 책임지고 있는 일이 의외로 꽤 많아서 요 며칠
간 나름대로 애기를 해놓고 자료를 다 넘기긴 했는데, 이
제는 누구와 뭘 하고 있었는지도 잘 기억이 안 나네요. 연
락을 못했으면 미안합니다. 그냥 뭐든 저 상관 없이 알아
서 결정해주세요.

저를 필요로 하거나 소식 궁금해하거나 찾을 분들은 대개
이걸 보실 거라 생각하고 이렇게 말합니다. 일만 넘겨도
한 명 한 명 말할 힘도 없고 너무 힘들어서요. 제가 할 줄
아는 일은 대부분 이 친구도 할 줄 알고 더 똑똑합니다. 제
랩탑과 여러 계정도 넘겨줬으니 급하고 중요한 일은 이 친
구한테 연락 주세요.

애는 도대체 이런 말까지 sns에 이렇게 하냐 싶으시다면
#아무것도할수있는 을 읽어주시고요. 새로운 경험으로 새
로운 컨텐츠를 만들어 올게요. 그리고 평소에 온 세상의
걱정받고 있는 거 입니다. 걱정하지 마세요.

안녕.

인스타그램에는 내가 폐쇄병동에 들어가서 연락이 안 된다는 말을 올렸다. 주로 서점으로, 일과 관련된 웬만한 사람들이 나를 팔로우하기 때문이었다. 이런 말을 공개적으로 할 수 있는 사람이라는 점은 좋은 일이었다. "폐쇄병동에 가니 연락이 안 될 거예요!" 말하는 사람을 본 적이 없었다. 갑자기 사라지면 얼마나 이상할까.

폐쇄병동으로

무언가 일이 처리되는 것 같더니 교수라는 사람이 내려와 훈화 말씀 같은 걸 했다. 치료를 잘 해보자는 말이었다. 나는 대충 알았다고 대답했다. 그리고 응급실에서부터 침대 그대로 실려 병동으로 올라갔다. 몸이 아픈 곳은 하나도 없었는데, 잘 걸을 수도 뛸 수도 있는데 침대에 실려 가니 기분이 이상했다. "저 걸을 수 있는데요" 말했지만 그냥 누워 있으라 했다. 침대는 이중 철문을 지나 환자복을 입은 사람들이 보이는 병동으로 들어갔다. 그때는 사실 이제 진짜로 일과 사람들로부터 떨어져 있을 수 있겠다, 그리고 조금은 재미있겠다는 생각을 했다. 침대는 2인실에 나를 내려다주고 간호사로 보이는 사람들은 이따 이곳의 규칙이나 생활에 대해 알려준다고 했다. 나는 며칠째 그랬듯 계속 꾸벅꾸벅 졸았다.

엄마가 가기 전에 한번 더 보고 가려 했는지 졸다가 나갔다. 가족 면회실에서 엄마가 울었다. 나는 "엄마가 왜 울어?" 하고 눈도 안 마주치고 들어갔다.

2일차

내가 이렇게 된 건 엄마 탓이라고 했고 엄마는 미안하다고 했
다. 사실 엄마 탓은 없다.

오전엔 꽤 바빴다.

아침을 먹으라고 깨우고 아침을 먹고 다시 누우니 약을 먹으라고 깨웠다. 약을 먹고 누우니 또 주치의 면담을 하라고 깨우고 그 다음엔 가족 면회실에서 엄마와 면회를 하라며 깨웠다. 중간에 피 검사를 하고 혈압도 쟀다.

누군가 깨워주는 일도 다른 사람들과 함께 밥을 먹는 일도 함께 지내는 일도 오랜만이었다. 아침을 먹은 건 정말 오랜만이어서 속이 더부룩했다.

간호사님께 종이를 얻을 수 있을까 물었다. 이면지를 얻어 어떻게 실려왔는지에 대해 썼다. 노트를 구한 이후로 이곳에서의 생활에 대해 쓰기 시작했다.

엄마는 어제도 울었는데 오늘도 울었다.

엄마는 원래 친구네 딸의 결혼식에 가기 위해 서울에 올라 오기로 되어 있었다. 그래서 결혼식에 가기 전에 찾아왔을 것이다.

엄마는 나를 안았지만 나는 피했다. 나는 엄마 눈을 마주칠 수가 없어 테이블에 엎드려서 지난 밤 동생이 내 옷을 입을까 그게 불안하고 짜증난다고 말했다. 엎드려서 나가서 봤을 때 입었으면 나가서 자살할 거라고 그렇게 꼭 말하라고 했다. 여기까지 온 이상, 정신줄을 다잡으며 '걱정하지 마' 같은 말을 하기 싫었고 할 수도 없었다.

언제인지 기억은 안 나지만, 요 얼마간에 엄마는 내가 잘 지내고 있는 줄 알았다고 말했었다. 나는 또 집에서 마지막으로 나오던 때를 떠올렸다. 어쩌면 나를 이렇게 또다시 아무것도 할 수 없게 만든 게 엄마 때문이라고 생각했다. 내가 이렇게 된 건 엄마 탓이라고 말했고 엄마는 미안하다고 했다.

실은 엄마 탓은 없다.

술 먹고 죽으려고 했어요

밥을 느릿느릿 먹고 있는데 젊은 여자가 내 앞에 앉아
도 되겠냐 물었다.

아침에 나가서 대충 둘러본 후에, 그 안에서는 정말이
지 사람들과 말하지 않고 싶다, 혼자 가만히 있다 나갈 거
라는 생각을 했었다. 그래서 그러던지 말던지, 하는 식으
로 대충 끄덕였다. 여자는 내게 몇 살이냐 물었다. 나는
조금 머뭇거리다 스물일곱이라 답했다(병원에서는 만 나이
를 쓰니까 병원 기록에 나는 스물다섯으로 기록되어 있다). 나
는 궁금하지 않았으나 예의상 그쪽은 몇 살인데요, 물었
다. 몇 살 같아 보이냐 되물었다. 스물 한두 살이라 해도
믿을 수 있을 것 같고, 여덟, 아홉이라 해도 수긍할 수 있
을 것 같은 얼굴이었다. 스물아홉이라 했다.

여자는 내게 왜 이곳에 들어왔냐 물었다. 나는 어디서
부터 어디까지 말해야 하나 잠깐 고민하다 "술 먹고 죽으
려고 했어요" 짧게 답했다. 손목부터 팔뚝에 덕지덕지 드
레싱을 한 여자의 이유는 척 봐도 알 것 같았는데 나도 왜
인지 물어보았다. 여자의 이유는 자해와 자살 시도였다.

자주 화가 나고 어지럽다

　2인실을 같이 쓴 아주머니는 어딘가 '맛이 간 것' 같은데 어디가 맛이 갔는지는 모르겠다. 내가 밥을 늦게 먹었다고 직접 치워주기도 하고 어제는 과자도 줬다. 하지만 지난 새벽에는 자꾸 내 새 슬리퍼를 자신의 것이라고 바꿨었다고 우겼다. 그래서 나는 슬리퍼를 머리맡에 올려놓고 잤다. 오자마자 누군가 신던 신발을 신기 싫었다. 병원이 아니었다면, 조금만 더 정신을 놓았더라면 욕을 하고 화를 내었을 거라 생각했다. 다 아픈 사람들이니까.

　나는 항상 누군가 내 물건을 건드리면 크게 화가 났다. 그 슬리퍼 사건에서부터 집에 있는 동생이 내 옷을 입어보고, 입고 나가 또 뭔가 흘리고, 빨아놓지도 않을 생각에 잠을 못 잤다. 그 생각에 사로잡혀 자꾸 화가 나고 어지러워서 잠을 못 잤다.

이 안에서 다섯 끼째 먹고 있다

밥은 뚜껑이 덮여 오는데 이제는 그 안에 뭐가 있을지 기대도 안 된다. 더럽게 맛없다. 짜증이 난 채로 간도 안 된 작은 새우를 주워 먹고 있는데 2인실을 함께 쓰던 아주머니가 맛있게 먹으라 했다. "맛이 없어요" 말했다.

어떤 아주머니는 징징대다가 독방에 갇혔다. 계속 소리를 질렀다.

어떤 여자애는 계속 혼자 말한다. 들어보면 누군가에게 하는 말 같다. 오후에 밖에서 책을 읽는데 걔도 따라나왔다. 바람인지 햇볕인지, 여튼 무언가를 느끼며 가만히 한참을 서 있었다.

샤워를 하려면 예약을 해야 한다

　스무 살 이후로는 생활에 있어서는 대부분 내가 하고 싶은 대로 했다. 먹고 싶으면 먹고 싶은 걸 먹고 싫으면 말고 자고 싶으면 자고 씻고 싶으면 씻었다. 누가 하라는 대로 규칙에 맞게 하는 일에 적응이 안 된다.

　보호사님이 샤워실 문을 열어줬는데 방에 덩그러니 의자가 있고 "모르는 게 있으면 물어보세요" 말했다. 나는 "알 수 있는 게 없는데요" 했다. 샤워 호스도 목을 맬 가능성이 있어서인지 천장에서 물이 떨어진다. 그래서 덩그러니 의자 하나만 있었던 것이다. 엄마가 무슨 생각인지 오이 비누 하나만 사 주고 가서 나는 비누로 세수를 하고 몸을 씻었다.

시간이 넘쳐 책이라도 읽고 싶었다

그게 아니면 자는 것밖에 할 일이 없다. 친구한테 전화를 해도 되냐 몇 번 묻다 결국 동생에게 전화를 했다. 동생이 대구에 가고 있다고 말했다. 갑자기 서러워져 울었다. 보호사가 자연스럽게 냅킨을 가져다 줬다.

아침에 본 젊은 여자에게 한강의 『바람이 분다, 가라』를 빌렸다.

"말 못 하고 온 일들이 너무 걱정 돼요."

　병동에서 돌아다니다 보면 주치의가 찾아 면담을 하자 말한다. 면담 시간에 주치의 선생님께, 다 못 하고 온 일과 미처 못한 말이 걱정된다는 이야길 했다. 만들던 책의 첫 문장에 '지금'이라는 단어가 두 번 들어갔다는 말을 못 했다. '나는 지금 취해서 지금' 하는 식의 문장이었다. 그걸 말 안 하고 온 게 굉장히 불안했다. 의사 선생님은 "지금은 지금만 생각하고" 말했고, 나는 "맞아요. 지금! 지금이라는 단어가 한 문장에 두 번 들어갔어요" 말했다.

3일차

주말엔 가족 면회가 되는데,
나에게는 아무도 찾아오지 않았다.

2인실에서 다섯 명이 함께 쓰는 병실로 옮겼다.

아홉시에 잤더니 새벽에 깼다. 저 멀리 아파트에 빛이 좀 보여 다섯시나 여섯시쯤 됐나 싶었다. 지나가던 보호사에게 시간을 물어보니 두시라고 했다. 깨고 나서도 한 시간은 뒤척인 것 같은데.

아침 여섯시에 2인실 아주머니가 우리 병실을 배회하
다 붙잡혔다. 나는 깨서 손을 흔들어주었다. 아주머니는
붙잡혀 가면서도 아이같이 웃으며 내게 손을 흔들었다.

"괴로워하지 말아요"

뉴스에서는 연휴 내내 날씨가 좋을 거라고 했다. 사람들은 공원이나 산에서 "날씨가 너무 좋아요!" 말하고 있었다. 조금 짜증이 났다. 밥도 맛없었다. 밥을 먹기 전에는 한강 책을 읽다 '그 사람'에 대해 나도 감각적으로 쓸 수 있으면 좋겠다는 생각을 했다.

멸치를 한 마리씩 헤며 밥을 먹는데 갑자기 '그 사람'의 어느 사진도 나보다 가까운 누군가가 찍어준 것이겠지, 나는 이제 정신병원에까지 입원할 정도니까, 하는 생각이 들었다. '그 사람'과 다른 사람, 또 다른 사람들이 머릿속에 가득 차 빙빙 돌아서 괴로웠다. 그래서 얼른 밥을 갖다두고 침대에 누워 머리 끝까지 이불을 썼다. '그 사람'이 말한 "괴로워하지 말아요" 하는 말을 떠올렸다.

괴로워하지 말아요.
괴로워하지 말아요.

그림을 그렸다

나는 보고 싶은 사람들의 얼굴을 기억해 그려냈다.
그려놓고 바라봤다.

자격지심

혼자 그림을 그리고 있는데 어린 학생의 어머니가 면회를 왔다. 그냥 그림을 그리는 일도 화장을 하고 카페에서 한다면 어쩐지 멋있어 보일 텐데, 여기선 스스로가 꽤 자폐적인 일처럼 보일 거라 생각했다. 사실 여기선 아무도 관심 없겠지만 혼자 자꾸 자격지심이 든다.

광치료

밝은 빛을 직접적으로 비춰주는 거라는데 내가 밤낮이나 생활 패턴이 없어서 하는 거라고 한다. 광치료는 점심을 먹고 한다.

할 일이 없어서 그런지 물을 많이 마시게 된다. 건강해지는 느낌이다.

그날의 기록

〈킹스맨〉을 대여섯 명이서 잘 보고 있었는데 2인실 아주머니가 갑자기 와서 〈전국노래자랑〉을 켰다. 아무도 아무 말도 불평도 하지 않고 자리를 떴다.

〈킹스맨〉을 잠깐 봤더니 영국에도 가고 싶고 또 영어도 쓰고 싶었다. 그랬더니 머리도 탈색하고 싶다(마침 TV에 유병재가 나왔다). 아침엔 계속 자다가 어린 친구가 탁구 치는 소리도 짜증이 났었다. 누가 힘있게 움직이는 모습을 보는 게 힘들었다. 어쨌거나, TV를 보다가 싸이클을 탈 만큼 힘이 나기 시작했다. 저녁에도 운동을 할 거다.

니코틴 패치

담배를 못 피워 불안하다고 자꾸 말하니, 니코틴 패치를 처방받았다. 스물네 시간이 가는 니코틴 패치를 아침마다 붙인다. 하루 한 갑 정도 피웠다고 하니 이 정도면 될 거예요, 하며 붙여줬는데 당최 그 효과를 알 수 없었다. 20밀리그램짜리를 붙이고 있었는데, 계속 징징대니 언젠가 "처방 용량이 늘었네요" 하시며 30밀리그램짜리를 붙여주셨다. 그래도 그 효과는 알 수가 없었다.

언니와 TV를 봤다

TV를 보다 웃었다. 아침엔 언니*와 담배 얘길 하다가 웃었다. 언니는 여기서 가장 정상인 것 같은데 오늘은 많이 슬퍼보였다.

*말을 건 젊은 여자를 언니라 쓰고 부르기 시작했다.

썩 나쁘지 않았을 수도

　창밖을 보다가 좌회전을 하면 공릉역이라는 표지판을 보고 공릉에서 서점을 했다는 말을 언니에게 했다. 언니는 "하고 싶은 거 다 하고 사네요" 말했다. 나는 그건 아니라고 했다.

　5월의 기록에 이렇게 써 둔 메모가 있다. '나만 안 된다. 세상은 언제나 나한테만 행복해지면 안 된다 하는 것 같다.' 그렇게 생각했지만, 지금에야 생각하면 정말 하고 싶은 걸 다 하고 사는 것 같기도 하고.

바둑을 둔다

아저씨들은 바둑을 두는데 나는 같이 뭘 할 사람이 없어서 퍼즐을 맞출 거다. 어떤 아줌마는 맨날 트로트 방송을 보고 어떤 아줌마는 간호사가 뭐라 해도 계속 소파에서 잔다. TV는 끄고 싶어도 못 끈다. 아무도 안 봐도 누가 켠다.

나중에 보니 새로 들어와서 아는 사람이 없는 사람들은 다들 하나같이 퍼즐을 시작한다. 그리고 모두들 곧 퍼즐이 얼마나 재미없는지를 깨닫게 되는 것 같다.

맛없는 밥이다

점심으로는 닭갈비 볶음밥이 나왔다.

2인실 아주머니가 "이건 뭐야?" 물었다. 드셔보실래요, 하고 드렸더니 "이거 이상해" 말했다. 나도 먹어보니 더럽게 맛이 없었다. 언니도 먹고 "으!" 했다. 그래도 배가 고파서 반은 먹었다.

언니 팔에 드레싱과 붕대가 늘었다

병실에서 언니와 간호사가 얘기하고 있고 언니네 어머니가 병실 밖에 있길래 "언니가 저한테 잘해줘요" 말했다. 아주머니는 슬픈 표정으로 "그래요?" 하고 말았다.

뭐, 괜찮다

어제도 기분이 어떠냐 물었던 간호사가 오늘도 그렇게 물었다. 어제는 무슨 대답을 했는지 기억이 안 나지만 오늘은 좋아요, 말했다. 왜냐고 물어서 한참을 생각하다,

"영화 봐서요, 킹스맨" 답했다.

여기서는 최대한 덜떨어지게 말해도 괜찮다.

오늘 한 일

피아노를 쳐봤다. 어렸을 때 피아노 학원에 다니기 싫다고 미술학원에 다니고 싶다고 했었는데 엄마가 피아노 학원만 보내줬었다. 그래도 악보를 보고 건반을 누를 수는 있다. 생각보다는 낫다.

스물다섯, 조울증

저녁 먹기 전 야외 활동 시간이 있는데 안 나가려다 에픽하이의 노래가 나와서 나가봤다. 나가 노래를 들으면서 팔목에 찬 바코드와 이름이 적힌 팔찌가 어색했다. 뺄 수 없게 고정된 환자 팔찌에는 '김현경(F/25)'라고 적혀 있다. 그제서야 그 스물다섯이라는 나이를 문득 실감했다. 쿵쿵대는 빠른 노래도 듣는 나이.

노래를 들었다

술을 주지 말라는 내용의 가사의 노래가 나와서 보호
사에게 가서 제목이 뭐냐 물었다. 로꼬와 화사가 부른
〈주지마〉라는 곡이라고 했다. 보호사에게 처음 말을 걸어
보는 거였다. 왜 물어보냐는 표정을 짓길래 이렇게 말하
고 획 돌아갔다.

"제가 알코올 중독으로 들어온 건데, 친구들이 술 주면
이 곡 들려주려고요."

4일차

"그래서, 죽고 싶은데 정말 죽을까봐
그게 무서운 거죠?"

소매로 눈물을 닦으며 끄덕였다.

점심 먹고는 언니랑 이야기를 했다. 담배와 타투 얘길 했다. 언니한테 나가서 같이 타투를 하자 했다. 그런데 환자들끼리도 연락처를 알 수 없다고 어제 들어서, 네이버에 '김현경 우울증'이라 검색하면 나에게 연락할 수 있을 거라 말했다. 언니가 안 믿는 눈치여서 진짜라고 계속 말했다.

광치료를 하다가 밖에서 어떤 아저씨와 보호사 님이 배드민턴 치는 걸 보고 달려 나갔다. "나도 배드민턴 칠래요" 하고 나가서 배드민턴을 쳤다.

오늘은 학생 실습을 하는 간호학과 학생들이 와서 학생들이 수요일엔 배드민턴을 같이 치자고 했다. 한 친구는 배드민턴을 치다가 넘어졌다. 혈압과 체온을 재는 것도 학생들이 했는데 어쩐지 긴장한 모습이 보였다.

그때 다시, 나는 '정신병동 환자'라는 생각이 들었다.
또래인 이 친구들은 열심히 사는 학생들이고.

네 시간을 누워만 있다 수면제인지 간호사가 주는 약 한 알 반을 먹고 잤다. 조증이 시작되면 머리가 핑핑 돈다. 어지러운 게 아니라 생각이 너무 빠르게 계속 돈다. 컴퓨터로 따지면 CPU가 너무 빠른 속도로 제멋대로 윙윙 돌아가는 느낌이다. 너무 멋대로 돌아서 피곤하고 토할 것 같기도 하다.

처음엔 침대에서 나가 만들 책을 기획하기 시작했고, 두 번째 약을 먹고 와서는 일 생각을 그만하기로 했으나 친구들 이야기가 떠올랐다. 한 친구는 분명 시간이 없다 했는데 다른 친구는 그 친구를 만났다고 한 생각이 맴돌았다. 머리가 아플 정도로 안 좋은 생각이 맴돈다.

왜일까. 왜 나한테만 시간이 없다고 했지.

병동에서 할 수 있는 활동 중 하나는
보드게임이다

밖에서 친구들과 브런치를 먹을 때 기다리며 자주 하던 '다빈치 코드'라는 숫자 게임에서부터, 루미큐브나 부루마블, 할리갈리도 있다. 나는 보드게임을 무지 좋아하는 편이었는데, 여기서는 사람들이 보드게임을 하자고 하면 '하지 않는다'고 답했다. 할 줄 모르냐, 하기 싫냐 물으면 공허한 표정으로 "저는 누군가를 이기고 싶지 않아요…" 답했다. 그냥 즐겁자고 하는 게임이지만 굳이 여기서까지 누군가를 이기려 애쓰고 싶지 않았다. 사실 '다빈치 코드'는 좀 하고 싶었다.

친구들 보고 싶다. 브런치도 먹고 다빈치 코드도 하고.

심리 검사를 했다

일주일 사이에 얼마나 많은 검사와 상담을 하고 있는지 모르겠다.

돌아와서 또 누웠는데 심리 검사를 해야 한다 했다. 어느 방으로 따라가서 심리 검사를 했는데 처음엔 쉬웠다. 블럭들을 모아 보이는 모양대로 따라 만드는 거였다. 그리고 숫자를 따라 말하는 것도 하고. 그 다음부터는 집중이 어렵다는 걸 알았다. 겨우 덧셈, 뺄셈, 곱셈 정도이지만 그마저도 어렵고 숫자를 거꾸로 따라 말하는 건 포기했다. 그리고 단어 뜻을 설명하는 것도 알았다. 검사를 하시는 분이 '방관' 같은 단어를 말하면 그걸 설명하는 거였는데 거의 못 했다.

그래도 공대 출신에, 어디 가서 (의도찮게) 작가 소리도 듣는데, 싶었다.

여기 들어오고 나서도 인성 검사였나, 오백 몇 가지가 되는 예, 아니오 질문에 체크하는 검사를 한 번 더 했었다. 이번에는 그림도 그리고 데칼코마니로 그려진 그림을 보고 말하는 검사를 했다. 뭘 하는 건지는 모른다. 그냥 생각나는 대로 그리고 생각나는 대로 말했다.

그림은 집도 그리고 나무도 그리고, 사람도 그렸다. 숏컷을 한 중성적인 사람을 그렸는데 여자인지 남자인지 물었다. 여자라고 답했더니 어떤 상태냐고 해서 이 사람은 슬프다고 말했다. 슬픈 이유는 다른 사람들 때문이라고 했다. 그 다음엔 남자를 그리라 했다. 정면을 보고 있는 자신감에 찬 남자를 그렸다. 그 사람이 행복했을 때는 다른 사람들에게 인정받았을 때라고 답했다.

별 생각 없이 그리고 나서 물어봐서 답한 거였는데, 어쩐지 맘속에 '여자는, 남자는' 하는 생각이 있었나 싶기도 하고.

나와서 언니한테 "나 덧셈 뺄셈도 못해요" 하고 웃었는데 언니는 "나는 돈이 없어서 지능 검사까진 안 했는데" 말했다.

정신 병동도 돈이 있어야 검사를 한다.

심리검사 결과

병동에서 나오고 나서 다시 외래로 갔을 때야 교수님께서 심리 검사 결과를 알려주셨다. 지능이나 다른 건 보통 사람들과 같은데 주의력과 또 한 가지만 현저히 떨어져 있다고 하셨다. 나는 데칼코마니는 뭐였냐 물었는데 그 검사의 비밀 같은 건 안 알려주시고 기법이라고만 알려주셨다.

그러고 보면 병동에서 나오고 얼마 안 되어 운전을 했는데, 그 상태에서는 운전을 하면 안 되겠다 생각했다. 주의력이 너무 낮아서인지 옆 차를 제대로 못 봤다. 결국 주차타워에서 렌트카 문을 긁었다. 픽 쓰러질 것만 같아서 빌딩의 경비 아저씨께 눈물이 그렁한 채로 도움을 요청했더니 다른 곳에 주차를 직접 해주셨다. 너무 감사해서 가방에 가지고 있던 음료수를 드렸다. 면허를 갱신할 때에도 '조울증' 같은 진단과 치료를 받은 적 있는지 체크하는 부분이 있었는데 왜 있는지 그제야 알았다.

실습하는 의대생들과 이야길 했다

정신과 병동에 있는 사람이라 무서워 할까봐 괜히 말을 안 걸다가 그 사람들이 가까이 와서 말을 걸 때 "저는 술을 많이 마셔서 여기 있어요" 말했다. 왜인지 다른 것보다 술을 마셔서, 웃기다는 식으로 말하는 편이 편하다. 그리고 내 학부 전공, '10층은 10층'*, 바깥에서의 직업, 영화와 넷플릭스 하는 주제들로 이야기를 한참 나누었다.

나는 실습 온 의대 학생들에게 "학교 생활 많이 힘들죠?", "정신과로 가고 싶어요?" 하는 질문을 했다. 어쩌다 보니 언제나 하던 것처럼 또 인터뷰가 되었다. 이 친구들도 어쩐지 본분을 잊고 학교 생활에 대해 나에게 토로하는 것 같았다.

실습 오는 친구들이 나보다도 한참 어려서 깜짝 놀랐다.

*10층은 10층

폐쇄병동 사람들, 그러니까 의사들과 간호사들, 환자들은 그곳을 '정신과 병동'이나 '안전 병동'이라고도 부르지 않고 '10층'이라 불렀다. 간호사들이 전화를 걸어 "여기 10층인데요" 하는 식이었다. 우리 산업디자인과 친구들도 '산디층'이라 부르지 않고 10층이라 부르지 않았던가!

그 '10층'의 분위기도 비슷하다. 할 일이 많냐 적냐 정도의 차이가 있을 뿐이다. 폐쇄병동 분위기는 새벽에 한 손에 컵이나 텀블러를 들고 1007호(컴퓨터실)를 좀비처럼 왔다 갔다 하는 친구들 모습과 비슷하다. 또 누군가는 가끔 울거나 소리를 지르고(프로그램이 뻗었거나 저장이 잘못했을 때…) 누군가는 소파에서 자고 있는 모습도 비슷하다(어떤 아주머니가 자꾸 소파에서 자면서 침을 흘리고 혼났다).

내 병실은 1004호였다(연구실이 1004호였다). 병실이 1007호였으면 좀 더 많이 슬펐을 것 같다고 생각했다.

생방송 투데이에서 본 맛집

연어장,

곱창 나베,

가츠 산도.

– 메모장에 적어둔 맛집들

가츠 산도가 가장 맛있다고 한다. 어떤 아저씨가 온 티
비에 먹는 것만 나온다고 불평했다. 나가면 꼭 찾아가 먹
어야지 싶어 적었다.

P가 사다준 책

그리스인 조르바,

피프티 피플,

사람은 모두 울고 난 얼굴,

스도쿠 400,

멘사 논리 퍼즐.

나는 서울에 가족이 없어 딱 한 번, 그것도 주치의에게 허락을 맡고 친구에게 전화할 기회를 얻었다. 서울의 반대편 끝에 살지만 와줄 수 있을 것 같은 유일한 사람인 P에게 전화를 걸었다. 『그리스인 조르바』와 『피프티 피플』은 이미 몇 번이나 샀던 책이지만 당장에 다시 읽고 싶고 읽을 수 있을 것 같아서 또 사다 달라고 했다.

P가 책이랑 햄버거를 같이 들여줬다. 와퍼가 아니라 빅맥이라 조금 슬펐지만 맛있었다. 언니랑 나눠 먹었다.

고마워서 울 것 같았다. P는 쪽지를 함께 남겼는데 전화번호가 있어서 안 된다며 간호사가 가져갔다.

스도쿠에 계속 실패했다

일단, 생각이나 계산을 하기 전에 눈에 초점이 안 맞는다. 약 때문일까, 알코올 중독 때문일까, 알코올성 치매인가.

동생에게 연락이 되면 부탁할 것:

쟁여둘 음료 및 과자,
바디 크림,
스도쿠 쉬운 버전.

"대변 보셨나요?"

주기적으로 하는 검사가 있다. 매일 한 번씩 대변을 봤냐고 묻고, 하루에 세 번 혈압 등 세 가지를 잰다. 무엇인지 자세히는 몰라서 못 적겠다. 대변을 봤냐고 물을 때 답하기가 처음엔 부끄러웠는데 서너 번 지나면 "아뇨. 저 대변약 주세요" 말한다. 밖에서는 기억도 못하고 신경도 안쓸 문제, 그러니까 대변부터 잠을 개운하게 잤는지까지확인하고 나도 생각하게 된다.

또, 조금 다른 점은 화장실 문이 안 잠긴다. 화장실은 스테이션* 앞에 꽤 개방되어 있어 칸에서 나오다가 멋있는 남자 보호사님과 마주치면 조금 민망하다. 문이 안 잠기니 더 대변을 보기 어려운 것 같다. 내가 앉아 있으면항상 2인실을 같이 쓰던 아주머니가 문을 막 연다. 매일간호사님들께 혼나도 항상 막 연다. 나는 문을 틀어 막고"사람 있어요!" 하고 소리치고 나중에 그 아주머니한테"화장실 문 노크 하셔야 해요" 말했다. 변하는 건 없었다.

---

* 간호사들과 보호사들이 일을 하고, 대기하고, 약을 주는 공간을 스테이션이라 불렀다.

언니 손목에 할퀸 자국이 늘었다

머리에서 어떤 생각이 떠나지 않는다며 종일 피아노를 쳤다. 그래봐야 미미미-솔 하는 아주 단순한 동요지만.

언니가 옆에 앉았다.

또 늘은 할퀸 자국.

나는 피아노 앞에서 말했다.

"언니 있죠. 제가 예전에 했던 인터뷰에서 누가 이러대요. 제정신으로 살아가기 힘들 수 밖에 없는 세상인데, 나쁜 사람들? 보통 사람들은 그걸 남한테 풀어요. 욕하고 갑질하고 때리고 무시하고 악플 달고. 그런데 착한 사람들은 그럴 때 자신을 탓하고 할퀴고 죽이는 거래요."

언니는 대충 끄덕였다.

아무런 위로가 되지 않았을 것 같다.

오늘은 면담을 했다

오늘 의사 선생님 면담에서 지금 술 문제를 안 고치면 나중에 '벽에 똥칠할' 거라고 하셨다. 리터러리하게 똥칠. 치매도 순한 치매가 아닌 치매가 있는데 그렇게 술을 마셔 대면 분명 '똥칠'을 할 거라 몇 번 강조하셨다. 나한테 "늙어서 똥칠 하고 싶어요?" 물으셨다.

사실 그 전에 죽고 싶은데요, 말하고 싶었는데 그러면 안 내보내줄 것 같아서 말 못했다. 그런데 똥칠은 정말 무섭다.

그간 몇 번의 면담을 할 때도 응급실에서도 무언가가 무섭다며 엉엉 울었다. 친구들에게도 무섭다고, 두렵다고 했다. 무섭다는 말만 시작하면 울었다. 그 두려움이, 무서움이 무엇인지는 나도 몰랐다.

면담을 하다가 주치의 선생님이 물었다.

"그래서, 죽고 싶은데 정말 죽을까봐
그게 무서운 거죠?"

소매로 눈물을 닦으며 끄덕였다.

『아무것도 할 수 있는』의 마지막 장에는 '밥 한끼 하지 못한 언니에게'라고 쓰여 있다. 내가 이 언니와 밥 한끼를 결국에 하지 못한 이유는 아마 상상하는 그 이유일 것이다.

면담을 하다 대학 시절 얘기를 설명해달라 하셨다. 마지막 4, 5학년 때의 이야기는 내가 이렇게 된 때이기 때문에 이 이야기는 빼놓을 수가 없었다. 장례식이 있었고, 더이상 밥 한끼 함께할 수 없게 되었다. 그 장례식 얼마 후에 친한 언니에게 울며 말했다.

"사실 그 일이 슬프고 충격적이기보다는 딱 지금이다, 생각했어요. 지금이 적기라고. 다 겹치는 친구들인데. 띄엄띄엄 슬픈 것보다 한 번에 슬픈 게, 충격을 받는 게 더 낫지 않을까요."

스스로 떠난 언니는 당시의 나와 같았다. 조울증이었고 바로 그날, 술을 마셨다. 들어보니 조울증의 자살률이 매우 높다고 한다. 조증 삽화와 우울 삽화 기간 사이에, 조증이 되면 죽을 의지도 생겨서라고 했다.

나는 내내 죽고 싶다는 말을 달고 살면서도 어쩌면 정말로 죽는 일이 무서웠던 것 같다.

5일차

매일 같은 자리에 앉아 민트를 만지며 쿵쿵댔다. 어느 날은 보호사가 와서 왜 그러고 있나 물어서 "제가 담배를 너무 피우고 싶은데 못 피워서요" 말했다. 보호사님은 "멘솔 피우셨나 봐요" 하고 웃었다.

우리 방에는 화가 많은 아주머니가 계신다. 내가 "저건 봉화산인가요?" 물었는데 "수락산이야!" 하고 화를 내시며, 그래도 창가까지 오셔 산을 한 번 더 보며 알려주셨다.

아침에 그 화가 많은 아주머니와 둘이서 아침 드라마를 보고 있었다. 드라마 속의 여자가 병원에서 깨어나고 대사가 이랬다.

"나 병원 싫다 그랬지?
날 또 정신 병원에 처 넣을 셈이야?"

조금 웃었다.

커피 시간*에 아주 말짱한 아주머니께 왜 여기 계신지 물었다. 동네에 있으면 친하게, 살갑게 지낼 만한 아주머니였다. 스트레스 때문이라고 했다. 특정한 걸 생각하거나 이야기하면 말을 더듬고 다리에 힘이 풀리고 아파 넘어진다고 했다.

정신과 몸의 관계는 무지 신기하다.

*커피 시간

여기서는 카페인도 원하는 대로 섭취할 수 없다. 그래서 아침 약을 먹고 얼마 후, 하는 계산된 시간에 커피를 믹스로 딱 한 잔 마실 수 있는 시간이 있다. 콜라도 반입이 안 되고 살 수도 없다. P도 콜라를 가지고 돌아갔다.

나는 커피를 조금이라도 더 많이 마시고 싶어서 큰 카누를 사서* 물을 가득 따라 달라고 했다.

*편의점 음식 사기

폐쇄병동에서는 당연히 편의점에도 못 간다.

오전, 스테이션에는 편의점에서 파는 품목이 적힌 시트가 놓여 있고 환자들은 시트에 이름과 품목, 수량을 쓸 수 있다. 편의점에 보호자나 본인이 돈을 충전해놓으면 편의점에서 체크를 한다. 하루에 주문할 수 있는 건 6,000원으로 제한되어 있다. 이걸 고르는 게 나름 낙이다. 평소에 배가 고픈 것도 잘 참고 간식도 잘 안 먹는데 심심해서 그런지 과자를 자주 먹는다. 다른 사람들은 보호자가 사온 쟁여놓는 음식이 있어서 그걸 먹기도 하는데 나는 그런 게 없어서 매일 6,000원을 어떻게 잘 쓸지 고민했다. 하루치 6,000원은 쉽게 차고 엄마가 채워둔 돈은 빨리 쓰였다.

나는 매일 스트롱 사이다*를 마셨다.

*스트롱 사이다

술을 못 마시니 있는 내내 스트롱 사이다를 주문해서 마셨다. 스트롱 사이다는 다른 사이다보다 좀 덜 달고 탄산이 더 세다.

나중 일인데, 내가 갑자기 퇴원하던 날 친구가 병원 편의점에서 스트롱 사이다 여섯 병을 다 샀다가 내가 퇴원한 걸 알고 친구가 퇴원을 해버렸다며 환불을 하러 갔다. 그런데 편의점 직원 분이 "혹시 김현경 씨요?" 물었다고 한다. 도대체 뭘 했길래 편의점 직원이 너를 아냐 묻길래 아마 스트롱 사이다를 매일 마셔서 알 거라고 했다.

이제는 3주쯤 탄산 음료만 계속 마시니 탄산을 못 끊게 되지 않을까 하는 걱정이 조금 든다.

담배 대신에는 민트*를 만졌다.

*민트

　술을 못 마시는 것보다 담배를 못 피우는 게 더 힘들었다. 나는 면담 시간마다 말을 잘 듣는 척 괜찮은 척하면 주치의 선생님이 한 번쯤 담배를 피울 수 있게 해줄 수 있을 거라 생각했다. 언니한테 대충 그럴 수도 있다는 걸 들었기 때문이었다. 주치의와 동행하여 바깥 산책을 가서 담배를 태우고 오는 것이었다. 그런데 나의 주치의 선생님은 그럴 기미가 안 보였다.

　그래서 언젠가부터 옥상에 나갈 수 있는 시간 30분 마다 민트 냄새를 맡았다. 매일 같은 자리에 앉아 민트를 만지며 킁킁댔다. 어느 날은 보호사 님이 와서 왜 그러고 있냐 물어서 "제가 담배를 너무 피우고 싶은데 못 피워서요" 말했다. 보호사 님은 "멘솔 피우셨나 봐요" 하고 웃었다.

　매일 그러고 있다 보니, 나중에는 사람들이 모두 나에게 왜 그러고 있나 묻기도 했다. 나는 민트를 말려다 빨아 맡을 생각을 하기도 했다. 언니는 나에게 '약쟁이'라는 별명을 붙여주었다.

광치료를 하고 아저씨와 또 배드민턴을 쳤다. 광치료를 하는데 오셔서 배드민턴을 치는 손동작을 하셔서 10분 뒤에 나간다고 했다. 10분 정도 배드민턴을 치니 너무 힘들어서 보호사 님께 5분 넘겼다가 다시 쳤다. 보호사 님은 배드민턴을 쳐주는 것도 일이다. 예전엔 점심 시간 내내 남자 애들이랑 배드민턴을 쳤는데, 라고 생각했는데 벌써 10년 전이고 10년 동안 운동을 거의 안 했다.

할머니, 아주머니, 90년대생 또래들과 나

본인 말로는 '잠을 못 자서' 왔다던 아주머니와 얘길 했다. 자꾸 다른 사람들 과자를 빼앗아 먹고 첫날엔 내 새 실내화를 가져가려 했다. 오늘은 큰 신발을 신고 싶다며 갑자기 옆 사람 신발을 가져가려 했다. 아침에도 또 우리 병실에 있다가 애기(만 15세인데 나는 그냥 애기라 부른다. 직접 불러본 적은 없지만)한테 이건 뭐야 저건 뭐야 하다 애기 물건을 가져가려 했다. 아침에 나온 애기 우유도 빼앗아 가고 걔 자리에 누워 있었다.

내가 다 일렀다.

오늘은 스도쿠를 많이 했다

심심하거나 머리가 복잡하고 안 좋은 생각이 많이 들 때에는 스도쿠를 한다. 집중해서 숫자를 쳐다보고 있으면 복잡하고 나쁜 생각이 좀 사라진다.

쉬운 스도쿠는 재미가 없으니까 P에게 꼭 중상급을 사 다달라 했는데 너무 어렵다. 가끔 잘 하다가도 틀려 있다. 그러면 바로 포기하고 다음 스도쿠를 한다.

엄마한테 처음으로 전화를 했다

전화는 공중전화 전화카드가 있어야 할 수 있다. 공중전화를 기억 속에서는 처음 써봤다. 어렸을 때 공중 전화를 본 적은 있지만 굳이 쓸 일이 없어서 거의 처음 써보는 거였다. 생각보다 돈이 빨리 닳았다.

엄마한테 죽을 거라고 엄마 탓이라고 한 게 마지막 말이라 맘에 좀 걸렸는데 엄마는 기쁘게 받았다. 왜인지 기억은 안 나지만 또 화를 냈다.

전화를 하고 나서 언니한테, "꼭 받아줄 것 같은 사람에게만 화를 내는 것 같아요. 저는 엄마한테만요" 말했다. 언니도 그렇다고 했다.

항갈망제

내가 먹는 약에는 항갈망제라는 게 있다. 의원에 갔을
때부터 줬는데, 알코올 중독에 쓰이는 약이라고 했다. 의
원에서 "이 약을 먹고 술을 마시면 아주 아플 거예요" 말
씀하셨는데, 이제 그런 건 안 믿지만 진짜 술을 먹고 싶은
마음은 줄어드는 것 같다.

또 예전에 오래 먹던 익숙한 생김새의 데파코트도 먹
는다. 흰색은 250짜리, 파란색은 500짜리인데(단위는 모르
겠다) 하루에 이거 두 알을 각각 먹는다. 아침에는 데파코
트와 아마도 항갈망제, 점심에는 대변약, 저녁에도 무슨
약을 먹고 취침 전에도 신경안정제인지 뭔지 세 알을 먹
는다.

물을 떠 와서 쭉- 줄을 서서 혹시나 생길 착오에 손목
에 있는 이름과 정보를 보여주고, 약을 먹고 삼켰는지 입
을 보여준다. 나는 줄을 천천히 서려고 천천히 가는데 자
꾸 빨리 오라고 부르신다.

이제야 술과 정신이 좀 깬 것 같다.

메모 1

비가 오면 비에 푹 젖은 솜 같아진다.

차에 치여 바닥에 쓰러져 숨을 헐떡대는 개 같아진다.

죽으려 했던 비 오는 날을 떠올리며 써뒀던 것 같은 메모. 자다 깨서 영어로 써뒀다.

최근에 겪은, 힘든 사건이 있나요?

일주일 동안 많은 사람들에게 내 상태와 생각을 털어놓아야 했다. 의원의 의사 둘, 응급실 당직 의사 둘, 주치의, 심리 검사 담당자, 총 여섯 명이다. 그중에서도 두 번째 의원 의사 선생님과 주치의, 심리 검사 담당자와는 더 깊이, 내 문제가 시작된 지점에 대해 이야기했다.

최근에 나를 힘들게 한 사건이 있었냐고 물었다. 별 일 없다 답했다. 그냥 어쩌다 보니 술을 계속 마시게 되었다고, 별일 없다고, 아닌 척하는 일은 이제 버릇이 된 것 같다. 마음이 힘들어진 이유가 있긴 했지만 말하지는 않았다. 심리 검사 담당자가 두 번 정도 더 할 말이 없냐 물었을 때, "있죠, 이게 여기에 올 만한 이유가 되는 건지는 모르겠는데요" 말했다.

나를 어렵게 만든 사람과 사건이 있기는 하다. 하지만 그 사람을 탓할 일은 전혀 아니다. 그저 술을 끊임없이 마셨던 게 다른 힘든 일이 있었던 게 아니라, 그 사람 때문이었다. 기억나는 '그 5월 첫째 날'에 해가 뜰 때까지 술을 함께 마셨고, 그날 좋아한다 말했다. 물론 몇몇 일들이 있었지만, 이 이야긴 "저 정신 병원 다녀왔어요!" 하는 말보다 더 하기 어렵다.

20대 후반이면, 어린 건 아니지만 마치 10대 후반처럼 좋아했다. 그래서 매번, 아니 매일 취하고 밤 늦게 전화를 했다. 그때 『취하지 않고서야』라는 책을 만들고 있었다. 이 중에서도 '취하지 않고서야' 할 수 없는 말들, 그러니까 마음을 고백하는 일을 할 수 없는 일에 대해 쓰고 있었는데, 이 글을 쓸 때 항상 무너지고 또 혼자서도 취해 글을 썼다 지우곤 했다. 결국 이 글은 맨 정신으로 대충 쓰게 되었지만.

가기 전에도 병동에서도 '그 사람'에 대한 생각 때문에 힘들었다. 이 일기에도 간간히 등장하는 '그 사람'에 대한 언급이나 끊임없이 맴돌던 힘든 생각들, 내가 이불을 뒤집어 쓰고 있게 만든 생각들은 대부분이 '그 사람'에 대한 것이었다. 여기서 파생된 생각이 '나만 안 된다' 하는 생각이었다.

병동까지 가게 된 '사건'이 꽤 유치하고 별것 아니라 생각될지 몰라도, 그랬다.

나름 잘 시간을 보내고 있는데 도와줘야 하는 사람이라고 생각하는 것 같았다.

그냥 나는 또래에 술을 좀 많이 마셨고 죽으려고 했을 뿐인데.

의정부 워터 파크 6월 말 개장.

빙상장, 실내 체육관, 사계절.

아침을 안 먹고 늦게까지 자는데 간호 실습생들이 왔
다. 혈압을 재러 와서 깼다. 와서 이런저런 이야기를 또
나누다가 한 친구가 의정부에서 갈 만한 곳들을 말해줬
다. 평소에는 관심도 없었겠지만 여기 있다 보니 나가면
하고 싶은 게 많아진다.

아침 면담 때 주치의 선생님께서 얼굴이 밝아졌다 하셨다. 배드민턴을 쳐서 그런 것 같다고 했다. 그러고는 간호 실습을 하러 온 친구들에게 TMI^{Too much information}을 제공했다. 여기서는 내가 하던 일들에 대해 말하지 않으려고 했는데 이런 저런 얘길 다 했다.

그러다 그중 한 친구가 유튜브 얘길 하다가 '단소 살인마'에 대해 설명해줬다. 단소를 가지고 누굴 때리려고 한다는 설명이었다.

"정신이 이상하거나 술에 취해서"라고 말하고 싶었던 것 같은데, "정신, 아니, 술에 취한, 술에 취했을 거예요. 술에 취한 사람이"라고 당황해하며 말했다.

또 여기는 정신 병원이었구나, 얘네는 실습생들이고 나는 환자고, 하는 생각을 했다. 나쁜 의미는 아니고 웃겼다.

또래 청년들

오늘은 면회 날인데 딱히 올 사람이 없어서 종일 간호대, 의대 실습생들과 이야기를 하고 놀았다.

나와 할 말이 없는데 괜히 말을 거는 것 같아 좀 부담스러웠다. 나는 이야기를 하면서 괜히 더 맨 정신인 것처럼 멋있는 사람인 것처럼 말했다. 아마 그것도 이 친구들은 실습의 일환으로 '정신과 환자들은 과장해서 말하는 경향이 있다' 혹은 내가 출판을 한다는 말이 허언증일 거라 생각할지도 모른다고 생각했다. 나도 심하게 나를 '환자'라고 불편하게 생각하고 있는 거기도 했다.

나름대로의 스케줄로 오후에는 피아노 반주집 한 권을 쳐야 하는데 자꾸 와서 "와! 잘 치시네요." 하거나 옆에서 노래를 따라 부를 때 더 부담스러웠다. 나름 잘 시간을 보내고 있는데 도와줘야 하는 사람이라고 생각하는 것 같았다.

그냥 나는 또래에 술을 좀 많이 마셨고 죽으려고 했을 뿐인데.

메모 2

"냠냠 맛있는 피아노 반주 세상"이라고 써두었다.
이유는 모르겠다.

손이 덜덜 떨렸다

취미 얘기를 하다가 "그림도 가끔 그리고," 했더니 간호 실습생이 자신을 그려달라 했다. 얼굴을 그리는데 손이 덜덜 떨렸다.

알코올 중독.

타투

실습생들은 하나같이 나의 타투에 대해 관심을 가졌다. 할 말이 없어서였을 수도 있고.

'한국의 20대 여성들의 타투 스토리 아카이빙' 책을 기획하다 들어왔다. 이렇게 써둔 뒤 몇 페이지가 이 책에 대한 사전 인터뷰이다. 20대 여성으로 타투에 대해 어떻게 생각하는지에 대한 인터뷰였다. 간호대나 의대 학생들은 타투에 관심이 있다 해도 정해진 직업상 더더욱 못한다고 했다. 인식은 하고 싶은데 하지 못할 뿐, 나쁘지 않다고 했다. 이런 저런 아이디에이션도 같이 해주었다. 표지 디자인도 그림으로 그렸다.

타투 이야기

오른쪽 발목 부근에 안쪽 바깥 쪽에 타투가 있다. 둘다 '죽지 말자', '맘 편히 살자' 하는 이유에서 한 거고 나가서 하려 했던 타투도 같은 이유다.

이 타투에 관해 이전에 써둔 이야기들을 옮긴다.

날고 있는 부엉이 타투

이건 충동도 멋도 아니었어. 잊지 않아야 하는 걸 몸에 새기는 영화 〈메멘토〉 있잖아, 그런 거였어. 항상 잊어서 항상 나를 힘들게 만들었거든. 너는 평생을 지고 갈 만큼의 메시지가 있어야 한다, 충동적이지 않아야 한다, 말했지만 그런 건 아니었어. 이렇게 구구절절 설명하는 것도 오늘처럼 술 깨나 마시고 할 수 있는 거니까.

그러니까 여기 발목 부근에 날고 있는 건 다들 묻는 것처럼 독수리가 아니라 부엉이야. 사실 내가 하고 싶었던 말은 따로 있으니까 무슨 새든 중요하지 않았는데 기왕이면 날개가 큰 새면 좋겠다. 근데 독수리 같은 건 좀 그렇고. 부엉이가 지혜의 상징이기도 하잖아.

내가 아무것도 못하고 멍청하게 괴로운 시간만 보낼 때, 내가 쭈뼛쭈뼛 찾아간 교수님께서 그러시더라고. 저기 창에 적혀 있는 한자가 뭔지 아냐고. 나는 몇 자 읽어내고도 무슨 뜻인지 갸우뚱했어. 무엇이 너를 잡아 놓았느냐, 라는 말이라고 하셨어. 교수님의 교수님이 알려주셨대.

내가 그때는 너무 정신이 없어서, 나를 이렇게 껌딱지처럼 그 자리 그 바닥에 더럽게 붙어 있게 만든 게 다른 사람 때문이라고 생각했어. 그 사람에 대한 증오 같은 게 전부였어. 그런데 그렇게 며칠을 생각해보니까 결국은 내가 잘 보이려 한 것, 누구보다 잘해야 한다는 것, 이런 집착들 때문이었더라고.

나는 한 번도 내가 원하는 게 뭔지 생각해본 적이 없었어. 나는 못하는 게 없었지만 그걸 왜 해야 하는지를 몰랐어. 칭찬을 받고 칭찬이 계속 되니까 나는 칭찬받을 짓만 하고 그래야만 한다고 생각했어. 모두가 나를 좋아해야 하고 이런 것들도. 그러니까 기대를 받고 기대에 부응해야 하고, 나는 이미 여기까지 온 사람이니까 그 정도 사람이 되어야만 하는, 그런 집착이었어.

어떻게 보면 내 스스로가 나를 그렇게 생각한 것도 자만 같은 거였지. 내가 변한 것도 그게 다 자만이었고 허상이었다는 걸 알고 나서였고. 내가 한 번도 실패를 안하다가 한 번 실패하잖아, 그리고 더이상 좋은 사람이 아니면 다들 기대를 안 하더라고. 나라는 사람에 대해 관심도 없고 말야. 빛나는 내가 아니면 보이지도 않는 거지. 그런 사람들이 곁에 많이 모였었는데 결국 그냥, 내가 대충 반짝거리니까 모인 거였어. 나는 그렇게 조금이라도 반짝거리려고 온갖 애를 쓰고. 이젠 꺼졌고.

좋은 사람이고 모든 사람들이 좋아해야 하는 사람이었어. 근데 이게 나를 죽여가고 있더라고. 내 스스로 밧줄 같은 걸 꽁꽁 싸매서, 아니 어쩌면 다른 사람들이 매어준 줄일지라도 나는 그걸 끊을 생각조차 못해본 거지. 그래서 나는 '무엇이 너를 매어 놓았느냐'라는 생각으로 사는데 이걸 자주 잊더라고. 그래서였어.

사실 이게 글자여도 상관 없었고 보일 필요도 없었지. 그래도 이게 발목인 건 내 발목이 묶여 있지 않다는 걸 보여주는 메타포 같은 거기도 했고. 내가 고개를 푹 숙였을 때, 담배나 뻑뻑 태우며 골목길에 쭈그려 앉아 고갤 푹 숙이고 슬퍼하던 그런 밤마다 떠올리기 위해서였어.

바다 속에서 작은 불꽃놀이를 들고 있는 타투

언젠가 발목 언저리에 있는 새 타투 이야기를 한 적이 있지. 이번엔 그 뒤편, 그러니까 바깥쪽 발목에 새로 그림을 새겼어. 이게 참 다들 한 번 하면 중독된다고 그랬었는데. 정말 그런 것 같아.

한동안 시간이 날 때마다 『그리스인 조르바』를 펼쳐 다시 읽었어. 이쯤되면 새로운 타투를 하고 싶은데, 한다면 조르바에 관한 무언가를 새기고 싶었거든. 그런데 아무리 생각해도 산투르나 크레타 섬, 배 같은 이미지 말곤 생각이 안 나더라고. 산투르는 구글에 검색해보니 기타보다도 못생겨서 새길 만한 다른 걸 찾고 싶어 두어 달을 책을 펼쳐지는 대로 읽어냈어.

처음 『그리스인 조르바』를 읽은 건 한 살 많은 친구 덕이었어. 아마 내가 고전을 많이 읽는 줄 알 텐데, 아냐. 책상에 언제나 『데미안』도 있고 『차라투스트라는 이렇게 말했다』가 있고 심지어 좋아하는 책이라고도 믿는데 잘 안 읽히더라고. 그건 그렇고, 그 친구가 어느 날 "너는 나에게 조르바 같은 사람이야"라고 해서 어디 소설에 나같이 대충 사는 인물이 있나 보다 생각했거든.

그 얼마 후에 부산 보수동 헌책골목에서 그 책이 보여

사다 읽어봤는데, 와, 내가 누군가에게 조르바가 될 수 있다니, 살면서 누구 하나라도 그렇게 말해주는 사람이 있다니 정말 멋진 사람이 된 것 같았어. 그 후로 더 조르바처럼 살려고 했던 것 같아. 산투르를 사려고 가진 돈을 다 털고 그걸 배우겠다며 떠나고.

그런데 내가 이번에 새긴 건 조르바와 관련된 무언가가 아냐. 아직도 잘 모르겠어서. 계속 이렇게 자주 들추어 보다 언젠가 생각이 나면 해야지. 그리고 그 다음은 요즘 자주 듣는 노래 'warm on a cold night'처럼 살아 있게 만들어 주는 사람들에 대해서.

아, 그래서 내가 새긴 건 물속에서 손에 드는 불꽃놀이, 그걸 뭐라고 부르지? 놀러 가면 해변 같은 데서 사다 한 번씩 불 붙여보는 작은 불꽃놀이 있잖아. 여튼 그걸 물속에서 손만 꺼내 들고 있는 손이야. 포항 호미곶의 손 아니냐고들 했는데, 사실 나도 좀 그렇게 생각했어.

타투를 하는 친구랑 뭘 할까 이야기를 하다가 내가 그, 물속에서 불꽃놀이를 들고 있는 사진을 보여줬는데 바로 이걸로 하자, 이렇게 된 거야. 사실 별 이유는 없었는데 누군가 묻는다면 답은 해줘야 그럴듯해 보이니까, 타투

바늘이 콕콕 찌르는 동안 생각해봤어.

그 사진이 좋았던 이유와도 같은데. 바다 같은 우울에
폭 잠길지라도 손이라도 꺼내 들고 작은 불꽃 하나 살리
자, 나 여기 살아 있다고, 내가 할 수 있는 건 이 정도인
데, 이거라도 최선을 다하고 있다고 말하고 싶은 거야.

3개월을 집 밖을 안 나가다 내가 이렇게 된 이유에 대
해 유서라도 써야 죽을 수 있지 않겠나 생각하고 쓰고 묻
고 만들기 시작한 게 여기까지 왔어. 너도 알다시피. 뭐,
그게 별 거 아닐 수도 있지만. 들어보니 그럴듯하지 않
니?

장미꽃 타투

"육교 위에 올라가 엉엉 울고 돌아온 다음 나라, 그녀는 나를 불러냈다. 지하철 역사를 나오자마자 그녀는 무심히 꽃다발을 건넸다. 살아야만 하는 부담, 같은 것이었다. 지하철 출구 앞에서 팔던 3,000원짜리 꽃다발 만으로도 누군가의 삶을 지탱할 수 있다."

예전에 '당신에게 위로가 된 사물이 있나요?'라는 주제로 전시를 한 적 있다. 나는 내 사물로 지난 봄에 받은 마른 꽃다발을 가져다놓았다. 지하철 역사 앞에서 팔던 3,000원짜리 장미 꽃다발이었다. 이 꽃다발에 위와 같은 이야길 덧붙였다.

당시에도 매일이 힘들었다. 촉박한 디자인 일을 받아서 하고 있던 때였다. 그때 친한 언니가 동네로 찾아온다 말했다. 언니가 살던 동네에서 우리 집은 꽤 멀었기에 내가 조금 나가기로 했다. 언니는 무심하게 꽃다발을 건넸고 나는 꽃을 왜 주고받는지 알 수 없었지만, 그때에 꽃이 '삶의 부담'이라고 생각했다. 후에 또 이렇게 써두었다.

"내가 죽지 않았으면 해서 집 앞까지 찾아오는 이들도 꽃도 선물도 내게는 부담이다. 나는 그 대가로 그걸 또 보면서 삶을 견디고 참아내야 하고 울지 않는 사람이어야 하고 오늘을 힘차게 살아가는 사람이어야 한다."

최근에 내게 '삶의 부담'을 또 건넨 사람이 있다. 우울
증에 관한 컨텐츠를 만들기 위해 미팅을 하던 때였다. 카
페에서 한 시간 남짓 이야기를 나누다 인사를 나누고 떠
날 때쯤, 카페의 옆자리에 앉아 있던 여자가 따라 나왔다.
카페 문 앞까지 몇 걸음 안 될 정도로 작은 카페였지만
여자는 헉헉대는 느낌이었다. 조그만 여자는 자신을 타투
이스트라 소개하며, 자리가 가까워 우리의 대화가 들렸는
데, 자신도 우울증을 겪고 있다고, 자신을 인터뷰 해달라
고 말했다. 출판에 관한 이야기도 들었는데, 자신이 하는
프로젝트를 설명하며 출판을 하고 싶다고, 다음에 이야기
를 한번 나누면 좋겠다고 말했다.

　나는 그런 그녀가 흥미로워 지금 당장 이야기를 나누
자고 했다. 그렇게 카페에 앉아 처음 보는 사람의 삶에 대
해 들었다. 두 시간 남짓, 왜 우울증으로 병원에 다녀왔는
지, 가족들만 아는 이야기를 내게 했다.

　여자는 눈 바로 밑에 마치 눈물처럼 보이는 작은 부종
이 있었다. 그래서 그 많은, 그녀가 사랑해 마지않는 이들
의 이야기를 할 때 울고 있는 것 같았다. 결국 어떤 이야
기를 하며 그녀는 아무렇지 않게 눈물을 양 눈에서 한쪽
씩 흘렸고 나도 아무렇지 않아했다. 우리 같은 사람들에
게 그렇게 흐르는 눈물은 아무것도 아니었다.

　한참 그런 이야기를 나누다 내가 떠나야 하는 시간이

되었다. 그녀는 가지고 있던 꽃 두 다발 중 하나를 내게 건넸다. 병원에 다녀온 날에는 꽃 한 단을 두 다발로 나누어 들고 다니다 그날 만난 사람에게 준다고 했다. 내가 꽃에 머뭇거리자 그녀는 혹시 꽃을 싫어하냐 물었다. 나는 꽃과 '삶의 부담'에 대한 이야길 했다. 나는 "오늘도 부담을 받아 가네요" 하고 떠났다.

그리고 또다시 죽음을 생각할 때에 그녀에게서 타투를 받아야겠다고 생각했다. 꽃으로, 내게 삶의 부담을 건네는 이들이 항상 있다는 점을 잊지 않도록, 그 삶의 부담을 새겨 두어야겠다 생각했다.

보고 싶지만 보고 싶지 않은

가끔은 친구들과 아는 사람들이 떠오른다. 가끔만 떠오른다. 보고 싶긴 한데 보고 싶지 않기도 하다. 너무 나가고 싶다가도 계속 여기 있고 싶기도 한다.

아침에는 뉴스를 본다

뉴스를 보고 있자면 저 미친 세상에서 어떻게 맨 정신으로 살 수 있나 하는 생각이 든다. 가끔은 자신 안에 갇히고 자주 울고 난 얼굴이 되고 혼자 노래해도 괜찮은 이곳이, 되려 정상 같기도 하다. 여기 있는 사람들은 세상에 의해 가두어진 것보다는 세상으로부터 피난이나 휴가를 왔다는 생각이 든다.

어릴 때 살던 동네에는 큰 폐쇄병동이 있었다. 대구에 있는 '성동 병원'이라는 곳이었는데, 우리는 조금 멍청한 행동을 하는 친구들에게 "미쳤냐?"라는 말과 동의로 "성동 병원 가봐라" 혹은 "너네 집 성동 병원이가?" 물었다.

자주 지나는 길목에 있던 병원이었지만 그곳의 환자들을 볼 기회는 없었다. 유일한 증언은 유통업을 해 가끔 그곳에 갈 일이 있던 엄마의 말이었다. 안에 있는 사람들이 손을 흔든다고만 했다. 나는 그곳을 지나거나 엄마의 말을 들으며, 영화나 TV에 나오듯 머리를 뜯다 만 사람들이 철창에 마치 감옥처럼 갇혀 팔이 묶인 옷을 입고 있는 모습을 상상했다.

매일 하는 일 중 하나는 바깥을 보고 있는 것이다

손가락이 들어갈 만한 작은 구멍으로 멀리를 보며 저쯤이 공릉동*일까, 저기가 봉화산이겠지, 하는 생각을 했다. 배드민턴을 같이 치는 아저씨도 내 옆에서 구멍에 눈을 갖다 대고 저 멀리 산을 봤다. 다른 쪽으로 난 창으로는 지하철 역도, 어느 아파트도 볼 수 있는데 가끔 그 '성동 병원'을 떠올린다.

정신 병원에 가둬진, 혹은 스스로를 가둔 사람이 바라보고 있다는 사실이 무서울까. 내가 병원 앞을 지나던 때와 비슷하게 생각할까.

*공릉동에서 몇달 간 서점을 운영했었다.

필요한 것들

"김현경이 금연 금주 및 건강한 삼시 세끼에 크게 적응하지 못하고 스트레스를 받고 있습니다(이외에는 잘 지낸답니다). 혹 ○○역을 지날 일이 있으신 분은 건강하지 않은 음식을 ○○병원 10층에 전해주시면 은혜 잊지 않겠다고 합니다. 예를 들어 와퍼(제발…), 튀김류, 분식류, 스트롱 사이다(술 대신 마시고 있음)라고 합니다."

이렇게 써두고 동생에게 전화해서 인스타그램에 적어달라고 말했다.

누가 올지 매우 궁금하다.
올까, 오긴 할까.

새벽에 다시 생각해보니, 구걸하는 것 같아서 갑자기 무지하게 부끄럽다.

핵 실험장 뉴스를 봤다

내일은 북한 풍계리 핵 실험장을 폭파한다고 한다. 어쩌면 내일 지구를 폭파시키고 전쟁을 일으키려 하는 게 아닐까 하는 생각이 드는데 여기서 죽으면 좀 억울할 것 같다.

역시 매일 대충, 잘 살아야겠다.

환청 사건

요즘은 밤 내내 꿈을 꾸다 깨고 꿈을 깨다 깬다. 간호사 선생님이 이걸 '선잠'이라 한다고 했다. 오늘은 꿈에서 친구가 사업을 하는 다른 친구를 위해 돈을 빌려다 줬는데 이자가 1초에 100만 원이었다. 생각해보면 100이라는 숫자만큼 줄었는데 100원이라는 뜻인가.

그러다 깨고 여느 때처럼 다시 자려는데 뒤통수 쪽에서 크게 여자 목소리로 "야! 어디가!" 하고 고함을 지르는 소리가 들렸다. 깜짝 놀라 깨어 뒤를 보니 보호사 님이 서 있었다. 내가 누가 소리를 지르지 않았나 물으니 남자인 보호사 님은 어리둥절한 표정으로 있었다. 갑자기 너무 무서워서 간호사 선생님께 말했다. 시간은 한시 반이었다. 수면제 반 알을 먹고 너무 무섭다고, "환청을 들은 것 같아요. 제가 이렇게 점점 미쳐가는 걸까요" 말했다.

여덟시 반부터 누워 있다 아홉시에 약만 먹고 잤는데 한시 반에 일어나는 거면 일어날 때가 된 것 같기도 하고.

이 사건의 후기

아침 산책 때 옆자리에 불면증으로 온 언니에게 이 사건을 말했더니, "아. 그거 저예요. 잠꼬댄데 너무 크게 해서 저도 깼어요. 야! 일루와 봐! 라고 했죠?"라고 했다.

다행히 환청이 들릴 정도는 아니다.

7일차

바깥 사람들이
바깥은 여름이라고 했다.

종일 또 사람들과 이런저런 이야길 했다. 타투와 담배 얘기도 또 하고. 아침 산책 때 에드 시런의 'Shape of you'가 나와서 "이런 곡을 들으면 젊은이 같아요" 말했다. 밖에 있으면 어디 술집에서 볼 법한(상상력의 한계가 술집이 전부다) 이십 대들인데 폐쇄병동에서 환자, 환자, 보호사, 간호 실습생으로 있었다.

오후에는 간호 실습생들과 불면증인 언니와 새벽에 가끔 계시는 보호사 님 이야길 했다. 내가 눈을 빛내며 멋있다고 말했더니 언니가 "아. 그런 스타일 좋아하시는구나" 말했다. 여전히 여럿이 섞여 이상형 이야길 하고, 그 다음엔 의대생들과 함께 모여 취미 얘길 했다. 이상형 이야긴 재미있고 취미는 누워서 유튜브 보기가 전부, 비슷한 젊은이들이구나 싶었다.

불면증인 언니가 외출을 나가며 외출 동안 할 일에 대한 계획을 짜는 걸 숙제로 받았다고 했다.

그래서 지나가던 사람들을 모아(밖에서 내가 언제나 그랬던 것처럼) 취미 얘길 오래도록 했다. 환자나 실습생들이나 간호사나 할 것 없이 별것 없다고 했다. 한 의대생만 혼자 만든 특별한 놀이 혹은 취미가 많았다. 학교에 가거나 일을 하고 돌아오면 피곤해서 그냥 방에 누워 엄지로 휴대폰 화면을 까닥이는 게 전부라고들 했다.

간호대 학생들의 요리 실습으로 피자 빵을 만들었다

학생들은 이틀 전부터 음식을 만드는 실습*을 할 것이니 꼭 참여해달라고, 기대해달라고 했다. 나는 몇 가지 먹고 싶은 음식을 댔다. "와퍼요! 와퍼 만들어요!" 했더니 학생들이 엄청 웃었다. 음식을 만드는 실습이지만 칼이나 불을 쓸 수가 없다고 했다.

피자 빵은 데운 핫도그와 여러 재료들을 플라스틱 칼로 자르고 토마토 소스와 치즈, 토핑들을 얹고, 전자레인지에 하나씩 데워 만들었다. 만드는 일은 아주 빨리 끝났다. 한 의대 실습생이 밥을 못 먹었다고 하니 환자, 실습생 할 것 없이 모두가 그 의대생에게 자신의 피자 빵을 주었다. 심지어 우리 테이블에 앉았던 사람들은 모두가 한 조각씩만 먹고 모든 걸 의대생에게 주었다.

그날 가장 재미있고 배부른 건 그 의대생이었다.

*요법 시간

요일마다 스케줄 대로 여러 프로그램이 짜여 있다. 이 시간을 '요법 시간'이라 불렀다. 내가 있을 때에는 휴일도 많고 내가 검사 받을 일도 많아 참여를 하거나 뭘 하는지 본 적이 많지 않았다. 붓 글씨도 쓰고 노래방 기계를 켜기도 하고 노래를 부르기도 했다. 외부에서 누가 와서 가르쳐주어야 하는 일들은 봉사를 하는 사람들 같았고, 대부분의 시간은 요양원이나 복지 센터 같은 곳에서 하는 프로그램들 같았다. 그래서 젊은 사람들은 주로 참여하지 않았다. 나는 궁금하기는 했으나, 언니가 "재미 없어요" 말했기 때문에 나도 이 시간들에 주로 방에 들어가 있었다.

그날의 기록

바깥 사람들이
바깥은 여름이라고 했다.

『피프티 피플』 같다

엄마는 내가 우울증 수기집을 만들고 유통하는 일을 별일 안 하고 그저 노는 것이라 말했지만, 나에게는 나름대로 소신이 있었다.

우울증을 겪는 사람들이 이런 생각을 한다고, 그러니까 이해해달라고 조금 느리고 아파도 괜찮다고 말하고 싶었다. 처음에는 그 정도까지의 소신은 없었지만 책이 점점 많이 팔리고 사람들이 '고맙다'고 말할 때 힘들더라도 조금 더 오래 해야겠다 생각했다.

엄마는 내가 제정신이 아니라고 정신 병자라고 했다. 정말로 제정신이 아닐지라도 놀고 있는 것일지라도 고마워하는 사람들이 있었다. 그때마다 보여주고 싶었다. 얼마나 많은 사람들에게 울어도 괜찮은 시간을 줄 수 있었는지, 울지 않을 수 있게 했는지.

『피프티 피플』의 어느 에피소드처럼 말이다.

정세랑의 『피프티 피플』은 의대 병원이 있는 학교와 그 동네를 중심으로 한 50명의 사람들에 대해서 그린 소설이다. 그 50명이 서로 얽혀 있기 때문에 다시 읽으며 인물 관계도를 그리고 있는데 다시 봐도 좋다. 너무 좋아 벌써 일곱 권이나 사서 여기저기 선물해주고 지금껏 호불호 없이 그 모두가 "너무 좋다!"라는 평을 한 책이다.

『피프티 피플』을 실습생들에게도 추천했고, 여기서는 인물 관계도를 그리고 있다. 나가서 이 인물 관계도를 그래픽 작업해서 정세랑 작가님께 보내면 좋아하시겠지.

책의 한 구절을 옮겨 적었다

『피프티 피플』 속 어느 나이 많은 의사가 화자로 말하는 부분이었다. 어느 정도 재능도 있었지만 적시에 도움을 받아 운 좋게 잘 산다는 내용이다. 나도 도움을 많이 받았다. 그것도 매번 '적시에' 말이다.

통장 잔고가 없어 굶을 때가 되면 서점 사장님들은 강의나 워크샵 자리를 맡겨주셨고, 주변 사람들도 일을 맡겼다. 힘들어 길을 가며 울던 날에는 어디선가 아는 목소리가 들려오거나, 카페 사장님이 초콜릿을 내어주시기도 했다. "오늘은 정말 죽어야지!" 결심하면 친구들이 술을 마시자 하거나 마시고도 집에 가지 않았다.

티비를 보다가

박나래가 꿈만 꾸다 잠에서 깬다고 했다. 그래서 수면 센터에 갔다. 나도 요즘 계속 그랬어서 유심히 봤다. 박나래가 잠을 못 잔 이유에는 여러 요인이 있었지만 술이 철분 흡수를 방해해, 그게 또 도파민 분비를 방해하고 온전한 잠을 어렵게 한다고 했다. 그리고 박나래의 수면 주치의는 금주를 처방했고, 그녀는 이렇게 말했다.

"평생요? 그러면 전 뭘 하고 살아야 하죠?"

오늘 면담에서는 주치의 선생님과의 대화는 이랬다

"현경 씨가 지금 만 25세인데 알콜 중독 증상이 보이니까. 앞으로 50년, 60년 산다 하면 지금 산 것의 두 배는 더 살 텐데. 그때까지 술을 영원히 못 마신다면 너무 잔인하지만, 어쨌든 지금은 그래야 해요."

"네. 지금은 술은 티비에 나와도 별 생각이 없는데 담배는 정말 피우고 싶어요. 제가 불안하고 손이 떨리는 건 담배 때문이 아닐까요?"

"곧 나갈 수 있는 시간이니 나가서 민트 만지세요."

처음으로 조금 웃어주셨다.

또 새벽에 깨어 써둔 메모

나는 눈을 감고 그쪽을 마주해요. 문장의 형태를 띠지
못한 말들과 얼굴의 형태는 없는 눈 그리고 코만 있어요.
묻고 싶었던 말들을 하고 싶었던 말들을 더듬다가 말했
다가 다시 다듬고 그렇게 완전한 문장이 될 때까지 되뇝
니다. 나름의 최선의 문장을 만들어도 답은 없네요. 동그
란 눈과 동그란 코만 그려낼 수 있을 뿐 입은 없어요. 겨
우 문장이 된 질문은 또 나풀, 사라집니다. 그러면 또 눈
을 뜨고 병원 침대에 앉아서 괜스레 자는 사람들의 꿈은
어떨지, 내일은 어떨지, 수면제를 더 타와야 하는 생각을
합니다.

8일차

머리가 복잡하거나 마음이 안 좋거나 울 것 같을 때, 화가 나거나 갑자기 가슴이 뛰거나 답답할 때가 거의 매일 있었다. 그때마다 침대에 가서 이불을 뒤집어 쓰고 눈을 감고 다른 생각을 했다.

지난 밤에는 '내일 꼭 (병동을) 나가야지! 나가서 이런 걸 해야지' 생각했다. 생각이 매우 빠르게 돌아서 조증이 온 것 같았다. 집에서 방바닥을 닦는 게 여기 있는 것보다 더 생산적이고 재미있을 것 같았다.

　아침의 계획은 엄마-간호사-주치의 순으로 나가겠다는 걸 말하는 거였는데, 일어나자마자 주치의 선생님을 만나버렸다. 여차 저차 왜 나가고 싶은지에 대해 설명을 했는데, "안 되는 거 아시죠?^^" 하고 마쳤다.

이렇게 된 이상 몸과 정신을 수련하며 2주만 채우고 가서 야망을 갖고 할 만한 일들을 생각해보아야겠다.

뜨거운 물마저 위험할 수 있기 때문인 것 같다.

잘생긴 보호사 님께 물을 "반틈만 따라주세요" 말했는데 "네? 반이요?" 하셨다. 예전에 책 교정 때 '반틈'이라는 말이 사투리라고 했던 것 같기도 하고. 언니한테 "언니 '반틈' 알아요?" 했더니, "반이라는 말이에요?" 말했다. 역시 사투리인가 보다.

아주머니랑 과자를 먹었다

아침에 과자를 먹다가 2인실을 같이 쓰던 아주머니가 지나가서 "이거 드세요" 하니까 "학생은 나만 보면 뭘 먹으라 그래" 하면서 쓰다듬어 주셨다. 내가 "어제는 애기였는데 오늘은 학생이네" 말하니 헤헤 웃으며 뽀뽀도 해주고 가셨다.

어제는 병실 침대에 앉아서 "애기야, 애기는 머리 좀 잘라. 나처럼" 하셔서 "네. 저도 자르고 싶어요" 답했다. 어디에도 못 나가는데 "언제 자를 거야? 이따가?" 하며 내 머리를 만지작대셨는데 기분이 묘하게 좋았다. 사람들과 이렇게 가깝게 함께 지내는 것도 좋을 것 같았다.

내가 밖에서 사 먹인 술이 얼만데.

조증의 증상 중 하나는 쇼핑을 말도 안 되게 많이 하는 거라고 했다. 그런데 나는 쇼핑에 전혀 취미가 없다. 그간 몇 명에게 답을 하면서도 쇼핑에 몰두한 적은 없다고 했지만, 술을 사는 데에 돈을 엄청나게 썼다.

『오롯이, 혼자』라는 그저 그런 독립 출판 수필집을 냈는데 이게 꽤 팔렸다. 동시에 여러 군데에서 돈이 들어왔는데, 없었으면 안 썼겠지만 있다 보니 마구 썼다. 옆 테이블 학생이 열심히 산다는 이유만으로 몇 테이블을 다 사기도 하고. 그렇게 우울한 책인 『오롯이, 혼자』로 번 몇 백만 원을 모조리 술값에 쓴 것 같았다.

이 이야길 주치의 선생님께 했더니 그게 조증 때문이 었을 수도 있다고 했다.

점심을 먹다가 갑자기 여기 와서 가장 큰 화가 났다

요 얼마간 술값만 몇백만 원을 썼는데 그 누구라도 대충 아무거나라도 사다 주지 않았다. 나는 통장 잔액이 있어도 매일 6,000원만 쏠 수 있는데! 진짜 심하게 화가 났다. 나가서 다음의 조건에 해당하는 사람들과의 인간관계를 정리해야겠다.

1) 여기까지 한 시간 이내로 올 수 있는 자
2) 10만원 이상 얻어 먹고 마신 자
3) 내 소식을 아는 사람
4) 그런데 안 온 사람

진짜 짜증난다.

간호 실습생들의 실습 기간이 끝나서 떠났다

나는 별 생각이 없었는데 되게 아쉬워하며 갔다. 친구
들과 일주일 사이 정이 들긴 했지만 너무 부담스러웠어
서 조금 안도했다. 할머니 한 분은 떠나는 학생들에게 바
나나를 못 나눠준 걸 종일 미안해하셨다.

의대생 실습으로 편지 쓰기를 했다

나는 그런 걸 너무 하기 싫었는데 의대생들이 와서 그림이라도 그려달라고 해서 가서 그림을 그렸다.

2인실 아주머니가 자신의 주치의 선생님에게 편지를 쓰고 싶은데 성함을 모른다고 하셨다. 응급실에서 본 당직 의사와 이야기를 자주 하는 걸 봐서 "혹시 이렇게 생기신 분이에요?" 하고 그 의사 선생님을 그려 보여드렸다. 아주머니는 맞다고 하고, 다들 "와! ㅇㅇㅇ 선생님이시네요. 똑같아요." 말했다. 의대생들도 재미있어 했다. 그래서 신이 나서 언니도 그려주고 꽃도 그려 아주머니 한테도 주고 혼자 햇볕을 쬐던 애기 모습도 그려줬다.

마커로 대충 그린 건데 "소질이 있으시네요!" 하는 말을 들어서, "이 정도라도 그려야 디자인을 할 수 있지 않을까요" 답했다.

"사람이 비밀이 없다는 것은

재산 없는 것처럼 가난하고 허전한 일이다."

이상「날개」중

병동에 들어올 줄 모르고 들고 다니다 가져온 책 중 하나는 83년도판『이상 전집』이다. 세로 쓰기에 심지어 조판이 찍힌 자국까지 보인다. 이 책은 그냥 가지고 있어야 마음이 편하다. 얼마 전까지는 이 글자를 읽을 수가 없어 못 읽었는데 오늘부터는 조금씩 읽었다. 이상은 역시 언제 다시 봐도 이상하고 재미있다.

"될 수만 있으면
이 무의미한 인간의 탈을 벗어버리고도 싶었다."

이상 「날개」중

보고 싶은 사람들을 못 봐 그래서 보는 것처럼, 듣고 싶은 노래를 못 들으니 스스로 부르고 있다. 민트를 쿵쿵 대며 혼자 노래를 하고 있어도 아무도 이상하게 보지 않는다. 아주 가끔 오지랖 넓은 누군가가 기분이 좋나봐요, 묻는 정도다.

바깥에 나갈 수 있는 시간 중에서 자신의 플레이 리스트를 블루투스로 켜주는 보호사에게는 노래를 켜달라 요청하기도 한다. 곡 제목이 잘 안 떠올라서 "잔나비의 뜨거운, 뜨거운 여름, 뜨거운 여름 밤, 뭐 이런 노래가 있는데 그거 틀어주세요" 말했다.

계속 날씨가 좋다. 나가고 싶다

언니와 볕을 쬐었다. 나는 우울하지 않기 위해 세로토닌 합성을 해야 한다는 소릴 하면서 팔다리 소매를 걷었다. 오늘 같은 날 한강에 가서 자전거도 타고 저녁엔 캔맥주도 마시면 좋겠다는 이야길 했다. 그러다가 또, 그래도 밖에 있었어도 우울해하며 집에만 있었을 거라고, 이곳에 갇혀 있으니 이런 얘길 하는 거라고, 했다. 깔깔 웃으며 즐겁게 말했다.

머리가 복잡하거나 마음이 안 좋거나 울 것 같을 때, 화가 나거나 갑자기 가슴이 뛰거나 답답할 때가 거의 매일 있었다. 그때마다 침대에 가서 이불을 뒤집어 쓰고 눈을 감고 다른 생각을 했다. 다른 생각은 항상 '그 사람' 생각이었다. 그러다 나는 이제 어찌할 수 없는 진짜 정신병자라는 생각이 또 들고. 나를 더 싫어할 거란 생각이 들어 슬프고.

요법 시간에 필라테스를 했다

그동안 여기 와서 나름대로 하던 것 중 하나가 안 하던 운동을 하는 거였다. 배드민턴을 얼마간 치고, 오전과 저녁에 싸이클을 20분씩 두 번 탄다. 갇혀 있어서 그런지 어쩐지 계속 찌뿌둥해서 스트레칭을 했다. 또, 불면증 언니가 이 안에만 있다 나가면 걷는 것도 힘들다고 근력 운동을 하라 해서 여러 근력 운동도 자기 전에 했다. 필라테스 시간에 배운 게 더 있어서 좋았다.

배드민턴 아저씨와 배드민턴 대신에 탁구를 쳤다. 여기서 할 수 있는 몇 가지 안 되는 일 중 하나다. 아저씨는 잘 앉아 있지 않고 보호사나 사람들을 불러 계속 탁구를 쳤다. 힘들지 않을까 싶을 정도로.

아저씨가 갑자기 탁구채를 가져와서 나에게 주길래 나는 탁구를 못 친다고 했다. 아저씨는 원래 잘 치는 사람이 어디 있냐고 했다. 나는 몇 번은 잘 하는 것 같았는데 역시 잘 못해서 공을 주으러 다니는 시간이 더 길었다. 그렇게 한 4, 50분 동안 탁구를 쳤다.

9일차

어쩌다 더 와장창 망가져버려 큰 행사에 참여했던 곳과 멀지 않은 곳에 위치한 폐쇄병동 환자복을 입고 있다는 생각, 동시에 이 편이 되려 내게 어울린다는 생각을 한다.

요 얼마간 환자가 많아졌다. 병실이 반 정도 차 있었는데 꽉 찼다.

새로 온 몇몇은 손목에 붕대를 감고 있다. 분명 손목을 그은 것일 터였다. 어젠가 엊그제 온 아저씨는 양 손목에 붕대를 두르고 응급실에서 바로 온 듯한 침대엔 피가 묻어 있었다. 아직 한 번도 밖엔 안 나왔다. 또 몇몇은 종일 링거를 맞는다.

아침엔 간호사님이 "환자가 이렇게 많아지는 건 왜일까요?" 서로 말했다. 내가 약을 타러 줄을 서 있다가 "이 세상이요" 말했다. 그리고 "내 정신 건강은 어떡하나. 산재가 되나?" 말했다. 우리도 우리지만 간호사 님들도 힘들어 보였다.

할머니가 계신데, 밥을 잘 안 드시고 항상 사람들에게 미안해하셔서 모두가 걱정하고 잘해드린다. 아침엔 우리 옆에 와서 오랜만에 방긋 웃으셨다. 심심하시죠, 물었더니 그렇다고 그래서 그림책을 볼까 할리갈리를 할까 하신다길래 함께 할리갈리를 하기로 했다. 내가 할머니께 (할머니가 내게, 가 아니다!) 배웠다.

할머니는 우리에게 모두 존대말을 쓰시고 할머니라 불리는 걸 싫어하신다. 어느 아주머니께 조용하게 "학생들도 나한테 ○○님이라 불러요" 말했다 했다.

애기가 자꾸 울었다

가엾게 보고 있었는데 오전엔 같이 배드민턴을 치자 물으니 흔쾌히 그러겠다 했다. 점심 전에 할머니와 할리갈리를 할 때에는 와서 같이 하고 싶다 말했다. 그런데 뭐든 5분쯤 하면 "안 할래요" 하고 갔다. 내가 "친구들이랑 해야 재미있을 텐데, 그죠" 했더니 "저 친구 없어요" 답했다.

애기는 언니의 자해 흔적을 한참 쳐다봤다. 여러 이유로 안 보면 좋겠다고 생각했다.

할리갈리

할머니가 할리갈리를 하자고 하셔서서 가져오셨는데 오히려 내가 룰을 이해 못 했다. 새로운 할리갈리라 코끼리는 딸기를 안 좋아하고 이런 걸 알아야 하는데 나는 이해할 마음 자체가 없었다. 그래도 할머니께서 하자고 하시니까 노력은 해 봤는데 집중력이 부족해서 그런지 잘 모르겠기도 하고, 안다고 해도 경쟁심을 가지고 하고 싶지도 않았다. 한참동안 할리갈리를 했다. 눈과 머리가 아팠다.

피아노를 쳤다

저녁에 피아노를 칠 때, 할머니께서 심심하셨는지 옆에서 책을 고르시며 글씨가 작아 안 보인다 하셨다. 그래서 마침 가져왔던, 디자인 이음에서 나온 박해숙의 『세탁소』를 읽어드리기로 했다. 부러 가져온 건 아니고 가벼워서 가방에 넣어놨다가 가져오게 된 책이었다. 『세탁소』를 처음 가져왔을 때는 못 읽었다. '따뜻한 가족 이야기', '가족에 대한 추억'과 같은 글을 읽기 싫었다. 그래서 서랍에 넣어놓았는데 할머니와 읽다 보니 사람들이 왜 좋은 책이라고 했는지 조금 알 것 같기도 하다.

할머니는 나에게 읽어달라 한 게 미안하셨는지 이번 이야기까지만, 다음 이야기까지만 하셨다. 반쯤 읽고 이제 정말 그만 읽자 하셨다. 이야기를 이래저래 요약해 보시고 옛 추억을 몇몇 내게 털어놓으시곤 "참 좋은 이야기에요" 하셨다.

할머니는 보호자도 가족도 없다. 여기서는 대부분의
일을 보호자가 해주어야 한다. 우리는 가끔 그걸 딱하게
여기지만 할머니는 도리어 보호자 '역할'을 할 수 있는 사
람들에게 미안해한다. 이 책을 읽어드린 게 조금 미안하
기도 했다.

할머니가 오늘도 간호 실습 학생들에게 못 준 바나나 이야기를 하셨다. 친한 아주머니께 그 얘길 했더니 학생들은 밖에서 우리보다 좋은 걸 많이 먹는다고, "받은 것과 다름 없다"고 말했다고 하신다. 나는 "받은 것과 다름 없다, 좋은 말이네요. 써둬야지!" 했다. 웃으실 때 코 밑에 횡으로 얇은 주름이 지는 게 예쁘다고 생각했다.

과자

2인실을 함께 쓰던 아주머니와 침대에 앉아 과자를 나누어 먹었다.

면회

    동생은 역시나 오늘도 면회를 안 왔다. 지난 화요일에
는 자다가 안 왔고, 수요일에는 수업이 있다고 안 왔다.
예상했던 일이다. 하지만 그래도 병원이니 조금의 기대는
있었다.

옥상에 나갔다

다섯시가 면회 시간 끝이고 바로 옥상에 나갈 수 있는 시간인데, 밖에 나가니 아저씨가 동생이 면회를 왔냐 물었다. 별 기대하지 않았다고 생각했는데 생각해보니 동생이 햄버거를 사올 거라고 조금 신나 있었던 것 같다. 나는 면회 시간에 나가 있기 싫어 방에 누워 있었다.

아저씨께 동생이 안 왔다고 하니, "시발~ 개 같은 인생"이라고 하셨다. 오늘은 아저씨가 좀 슬퍼 보였다. 아저씨한테는 딸이 왔는데 내 또래 같아 보였다. 여전히 민트가 있는 화단에 앉아 "아저씨는 나이가 어떻게 되세요?" 물었다. 답을 듣고 "우리 아빠랑 비슷하네요" 말했다.

이 아저씨도 항상 멀쩡해 보여서 어디가 안 좋으시냐 물었을 때 머리를 너무 많이 써서 그렇다고 답한 적이 있다. 나는 "공부를 많이 하셨나봐요" 하는 멍청한 소릴 했다. 한번은 내가 피아노를 못 치니 왔다가 "우리 딸도 아가씨만 한테 어렸을 때 피아노를 1년 정도 쳐도 딱 이정도밖에 못 치더라" 말하기도 했다.

아저씨에게 무슨 일이 있었는지 궁금하지만 묻고 싶지는 않다.

오후의 기록

네시 반쯤에 엄마한테 전화를 해보라는 간호사 님의 말에 엄마한테 전화를 했다. 전화를 했더니 엄마가 서울 가는 기차 안이라 해서 또 왜 출발하고야 말을 하냐며, 짜증나게 하지 말라며 길길이 뛰었다. 엄마는 그래도 아무도 면회를 안 가면 그렇지 않냐고, "햄버거 먹고 싶다고 했잖아." 했는데 나는 그게 더 자존심 상하고 싫었다. 오지 말라고 되돌아 가라고 했다. 그리고 다시 침대에 가서 이불을 뒤집어 쓰고 있었다.*

내가 그러고 있던 사이 언니는 아버지와 싸우고 자해를 하다 진정제를 맞고 안정실에 있었다고 한다. 사람들이 와서 잡아서 묶어놓고 진정제를 놓는 거라고 했다. 언니는 팔뚝 안쪽에 붙여놓은 패치를 뜯으며 그 얘길 했다. 또 드레싱이 늘었다.

이불 뒤집어 쓰기*

여기서 이불을 뒤집어 쓰면 안 된다. 평소에 잘 때에나 우울할 때 이불을 뒤집어 쓰고 있는게 버릇이 되었는데 밝은 데서 그냥 자려니 어렵다. 밤에도 복도 쪽이 침대라 밝고 낮에는 안 그래도 밝은데 불도 다 켜둔다.

한번은 이불을 뒤집어 쓰지 말라던 간호사님께 "왜 뒤집어 쓰면 안돼요?" 물었다. 응급실과 장례식장도 있는 병원이라 징크스 같은 건가 생각했다. 무슨 말인지 잘 이해는 못 했지만, 아마도 숨이 막히거나 문제가 생겼을 때 이불을 쓰고 있으면 확인하지 못해서, 하는 말이었던 것 같다.

환자들이 밤에 못 자는 데에 신경을 많이 쓰는 것 같다. 졸리지 않으면 약도 계속 주고 낮에 낮잠 자는 것도 관리한다. 밤에 있는 간호사님들께 말하면 아침이나 낮 간호사님들도 알고 신기하다.

여섯시 반쯤 갑자기 엄마가 왔다고 했다

면회 시간이 아니더라도 가족 면회실에서 볼 수는 있다.

엄마가 새로 나왔다고 광고에서 봐서 나가서 꼭 먹어야지 생각했던 햄버거 두 개와, 닭강정을 양념과 후라이드로 둘, 떡볶이를 사서 왔다. 나는 저녁도 먹었는데 이걸 어떻게 먹냐고, 올 거면 내일 오지, 짜증을 냈다. 엄마는 그래도 먹고 싶다고 했으니 닭강정 한두 개라도 먹으라 했다. 엄마는 대구에서 밥도 안 먹고 왔으면서 무언가 미안해했다.

엄마가 오다가 동생에게 연락을 했더니 마침 그때 일어났다고 했다. 동생이 내가 가져다달라 했던 바디 워시와 바디 크림, 립밤을 가져다줬다. 그 전까지 오이 비누 하나로 다 씻었다. 동생한테는 아무렇지 않게 여기에 있는 사람들 이야기를 해줬다. 동생은 내가 환자복을 입은 걸 처음 봤고, 오늘도 환자복이 이상하게 느껴졌다. 괜히 괜찮은 척하고 싶었던 것 같다. 사실 좀 미웠다.

동생은 사이다 세 개를 사주고, 다음 주말에는 꼭 오기로 약속을 했다.

동생이 동네 김밥집에 갔는데 김밥집 이모*가 내가 안 보인다고 뭐하고 지내냐 물었다 했다. 같은 병실에서 가장 상태가 안 좋은 분이 그 이모를 꽤 닮아 신경이 쓰인다. 편의점 사장님도 나를 물었다 했다. 카페 이모도, 쌈밥집 이모도, 밥집 사장님도, 이자까야와 맥주집 사장님들도 나를 궁금해할 거라 말했다.

"'정신병원에 있어요'라고 하지 왜" 말했더니 엄마가 등을 찰싹 때렸다.

*김밥집 이모

많은 사람들이 내게 이유 모를 호의를 베풀었다.

언젠가 종일 게임이나 하고 아무도 만나지 않으며 지낼 때가 있었다. 그 생활의 끝에 책을 만들었다. 그때에 새벽 두세시에 자주 가던 김밥집 이모는 반찬을 더 챙겨주시며 집에 가서 먹으라 하고 식으면 맛없다며 봉지를 더 꽁꽁 매주셨다. 그 꽁꽁 맨 매듭이 너무 고마워서, 그래서 사라져선 안되겠다 생각했다.

그렇게 그때의 나를 살린 사람들이 있었다. 오랜만에 간 김밥집에서 이모가 나를 반겼다. 오랜만에 본다 하셔서 몇 번 왔는데 안 계셨어요, 하는 대화를 나눴다. 그때 조그만 선물이라도 사 들고 가야겠다 생각했고 밥을 먹고 나와 짧은 편지와 음료수 세트를 들고 갔다. 아니, 이런걸 왜 사와, 할 때 눈물이 쏟아질 뻔해 급히 나왔다.

아빠가 입원했다 한다

아빠가 내가 입원한 얘길 듣고 가슴인지 어딘지 아파서 병원에 가봤다고 했다. 나는 내가 이렇게 된 데에는 아빠 탓도 크다고 생각했다.

"아빠 탓도 있는데 아빠가 왜 아파?" 말했다.

할머니랑 얘기하다가 이제야 알게 된 것

최근에 계속 아침까지 술을 들이키면서도 한 번도 토하지 않았다.

언니랑 얘기했다

언니한테 화나면 자해를 하지 말고 차라리 나를 때리라고 했다. "저 때려요, 대신에. 저 맞고 자라서 괜찮아요"

언니는 손으로 권투하는 흉내를 내며 '슉-슉-' 소리를 냈다. "남을 이렇게 때릴 순 없잖아요" 하며 웃었다.

나는 "왜요. 세상엔 그렇게 남 때리는 사람이 더 많다니까" 말했다.

언니와는 같은 얘길 계속 반복한다. 서로 같은 걸 또 묻기도 하고. 나는 나중에서야 깨닫고 언니는 대부분 잘 기억을 못 하는 것 같다. 둘 다 기억력에 문제가 있는 것 같다.

순풍에도 꽃들이 바들바들 떨었다

볕에 다리를 내놓고 누워, 색색으로 떨리는 꽃들을 보면서, 우리들도 많이 떨리는 꽃이구나 생각했다.

언니한테 신나서 "아까 생각했는데 우리는 바들바들 떠는 꽃 같아요! 여기는 화분이고." 말했다.

떠오르는 눈들이 있다. 나와 닮은 빈 눈동자들, 사랑하는 척하던 눈들. 해석할 수 없던 친구의 눈들, 고맙고 미안한 눈들, 이상하리만치 차분한 눈들.

병실로 가는 길목엔 창이 있다

하계역 지하철 출구가 보이는데 내가 '하계'라는 곳이 존재한다는 걸 인지한 건 지난 12월, 가장 큰 아트북 페어인 '언리미티드 에디션'에 참여하면서였다. 그래서 가끔 그 하계역 출구를 바라보고 있자면, "너는 무슨 일을 하던 사람이니?" 하는 질문을 들을 때면 이상한, 설명하기 어려운 기분이 든다.

'언리미티드 에디션'에 참여할 수 있던 건 내 나름으로는 아주 영광스러운 일이었다. 어쩌다 더 와장창 망가져 버려 큰 행사에 참여했던 곳과 멀지 않은 곳에 위치한 폐쇄병동 환자복을 입고 있다는 생각, 동시에 이 편이 도리어 내게 어울린다는 생각을 한다.

자고 싶다

이미 졸린 채로 밤엔 운동을 하고 자려 했지만 잠을 방해해 온 몇 가지 요인에 못 자고 크게 열받았다. 우리 방에는 이 안에서도 다른 사람들에게 좀 피해를 주는 사람들이 있는데, 오늘은 더 심했다. 자려고 하면 불을 마음대로 켜는 걸 각 사람당 몇 번 반복했다. 그것만으로도 다 깰 정도인데 다들 혼잣말도 하고 크게 말하기도 하고. 화가 많이 나서 차라리 울고 싶었다.

그동안 수면제 한 알과 추가로 반 알을 먹었는데 오늘부터 1.5알이 나왔다. 수면제를 더 먹기는 그래서 엄마가 주고 간 햄버거를 먹기로 했다. 간호사님이 "약을 더 드릴까요? 아, 지금 출출하시다는 거죠?" 하셔서, 나는 "아뇨, 그냥 진짜 잠이 안 오는 건데, 배 부르면 졸리잖아요" 답했다. 간호사님은 "아하! 틀린 말이 아니네요" 하며 먹으라고 하셨다.

사는 거

병동 거실에는 '가훈: 제대로 살자' 라는 글씨가 적혀 있는데, 뭐가 '제대로' 사는 건지, 그리고 왜 이게 여기 이 병동에 붙어 있는지 모르겠다.

나가야겠다

거실에서 엄마가 주고 간 햄버거를 데워 먹다 화가 많이 났다. 내일 참여했어야 하는 페어에 구경이라도 가야겠다고, 떼를 써서라도 나가야겠다고 다짐했다.

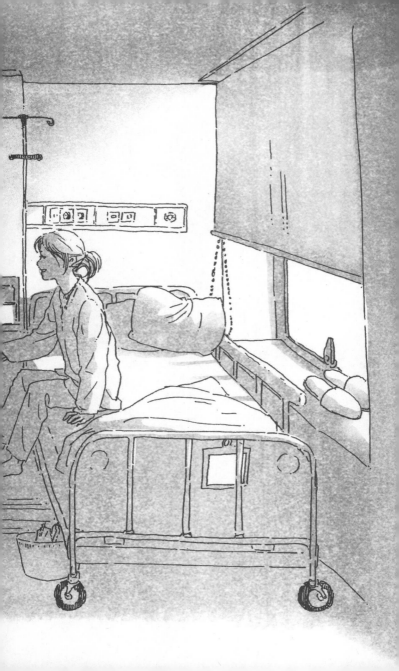

10일차, 그리고

중학생 때 비가 오는 날 먼저 하교한 동생에게 우산을 가져다
달라 기다릴 때 이후로 동생을 이렇게 애타게 기다려본 적 없
다 생각했다. 동생에게 많이 서운했지만 동생이 온다면 어쨌
거나 고마운 일이니 농담처럼 이렇게 말해야겠다 생각했다.

요즘 사람들이 자살 시도로 많이 들어왔다.

　오늘같은 날 좋은 일요일에도 응급실이 바빠 주치의
선생님이 늦게 오셨다.

그곳에 있는 사람들 중 젊은 사람들은 대부분 자살을 시도했으나 살아난 사람들, 나이가 든 사람들은 대부분 초기 치매, 가끔 심각한 스트레스로 몸이 아픈 사람들, 그리고 조현병 같은 좀 더 심각한 질환을 가진 사람들이 있다. 내가 간 이유는 조울증에 알코올 중독. 술만 마시면 죽겠다 해 제발로 찾아간 신경정신과 의원에서 병동이 있는 큰 병원으로 보냈다. 손목에 붕대를 감고 있거나 링거를 끌고 다니는 젊은 사람들은 굳이 물을 것 없이 자살시도나 자해를 한 사람들이다. 그 안에서는 한번 말을 트면 거리낄 것 없이 어떻게 죽으려 했는지 말들을 했다. 누구는 손목을 그었고 누구는 술에 약이나 독극물을 마셨고 했다. 나는 멀뚱히 있다 "저는 알코올 중독이요" 말했다. 젊은 사람 중 알코올 중독은 나 혼자였다.

지난 주말즈음, 그러니까 목요일에서 토요일까지 갑자기 병동에 사람들이 많아졌다. 날씨가 좋아서 하루에 총합 한 시간 반밖에 없는 햇빛을 쬘 수 있는 시간마다 나가 볕을 쬐었다. 나가고 싶다고 나가면 술도 안 마시고 죽으려고도 안 할 수 있을 것 같다고 생각했다. 그런데 그렇게 좋은 날에도 사람들은 밖에서 계속 죽으려 하다 그곳으로 왔다. 나오는 날에도 응급실에 환자가 많아 당직이던 주치의 선생님이 내내 응급실에 계시느라 더 늦어졌다. 정신과 당직이 응급실에 있을 이유는 많지 않다.

커피타임

아침 커피 시간에, 이번에는 얼마 전에 들어온 분들과 함께 커피를 마셨다. 얼마 전에 전화기를 잡고 주저 앉아 있기도 하고, 나에게 최근에 시작했는데 재미있다고 드라마를 알려주기도 했던, 젊은 편인 아주머니가 파운드 케익을 나누어주셨다. 그분은 아래 층에 있는 병동에 있다가 자살 기도를 해 올라왔다고 했다.

커피 시간의 주제는 아픈 일들이 되었다. 사람들은 모여서 자살 기도와 스트레스, 불면, 심하게 아팠던 일들에 대해 흥미롭게 이야기했다. 어떤 사람들은 손목을 그었고 어떤 사람들은 독극물을 마셨다. 그래도 살았다. 다른 사람들이 삶에 대해 이야기하는 것들, 새로 생긴 카페에 대해 이야기하거나 뒷담화나 아는 친구에 대해 이야기하듯 평범하게 이야기를 나누었다.

그 이야기들이 익숙해질 때쯤 나는 며칠 동안 링거를 하고 다니는, 나보다 조금 더 나이가 많은 듯한 분에게 "왜 오시게 되었어요?" 물었다. 그분은 눈에 눈물이 조금 고이며 고개를 아주 조금 저었다. 나는 아차, 하고 "여기 있는 젊은 사람들은 다 비슷하죠. 우울증이나" 하고 그만 묻기로 했다.

폐쇄병동에 여러 번 온 사람들

듣다 보니, 그곳에 있는 사람들은 폐쇄병동에 처음 온 사람이 많지 않았다. 아마 내가 유일할 정도로 다들 몇 번씩 와본 것 같았다.

다른 병원을 가본 사람들도 있었는데, 언니한테 듣기도 했었지만 내가 간 곳만큼 자유로운 분위기에 사람들이 친절한 병원은 많지 않다고 했다. 무엇보다 가장 큰 다른 점은 스테이션, 그러니까 간호사들이 있고 약을 나누어주는 곳은 대부분 쇠창살이나 강화 유리로 막혀 있다고 했다. 『피프티 피플』의 폐쇄병동 이야기에서도 강화 유리로 막혀 있다는 묘사가 나와 있었던 것 같다.

앞의 일기에도 종종 적었지만, 나는 내가 '환자'라는 사실과 폐쇄병동에 와 있다는 사실에 이질감을 자주 느끼곤 했는데, 만약 스테이션이 쇠창살이나 강화 유리로 막혀 있었더라면 더욱 '나는 정신 병자'라는 생각에 괴로웠을 것 같았다.

병동에서 나가다

지난 밤에는 잠을 못 자게 하는 사람들 때문에 화가 났다. 그리고 아침에는 다른 방에 있는 조현병 환자가 와서 우리 방에서 욕을 하고 있어 깼다. 아침 여섯시 반이었다. 나는 그 소리에 세 시간 정도 만에 깼다. 또 화가 났으나 화를 냈다가는 안정실에 잡혀갈 거라 생각했다.

조현병 환자의 말은, 자신이 무슨 말을 하던 의사가 망상이라고 하며 죽을 수도 있는 약을 주는데 그것이 망상인 것인지 무엇이 진실인지 알 수는 없다. 나는 그 조현병 환자가 얼마 전부터 과자를 나누어주어 나름 친하게 지내고 있었기 때문에 대화에 한마디 거들었다.

"저는 기분이 안 좋으면 우울 삽화라 그러고 기분이 좋으면 조증이라 그래요."

괜찮다고 이제 나가도 될 것 같다고 말하면 주치의 선생님은 조증이라 그렇다고 했다. 조울증 환자들은 대개 조증 상태를 좋아하지만 조증도 '정상적인' 상태는 아니라는 설명은 아주 많이 들었다. 그래도 조증이 아니면 할 수 있는 게 없다.

아침에 일찍 깨버렸으나 밥을 먹고 싶지는 않아 우유만 하나 들고 다시 누웠다. 일요일도 면회 날이라 그런지 분주했고 아침부터 옆방 사람들이 많이들 왔다 갔다. 나는 언니에게 어제부터 아침까지 얼마나 스트레스를 받았는지 오늘 꼭 나갈 거라 말했다. 언니도 내 병실 사람들은 좀 그렇겠다고 수긍했다.

나는 아침부터 주치의 선생님을 불러달라고 간호사 님께 말했다. 어쩐 일이냐 해 나가고 싶다고 답했다. 그리고 엄마한테 전화를 했다. 나갈 거라고 오늘 당장 나갈 거라고 했다. 얼마 전에 이렇게 말했을 때에도 엄마가 주치의 선생님과 통화를 하고 나서 좀 쉬라고 더 있으라고 했었고 그날도 그랬다.

나는 보호자 동의 없이 혼자 나갈 수 있었다. 폐쇄병동에 들어올 때는 본인 스스로 들어오는 것과 보호자 1인 동의와 2인 동의, 세 가지 방법으로 들어올 수 있는다. 1인 혹은 2인 동의는 가족증명서가 있어야 했는데, 금요일 저녁에 지방에서 갑자기 올라온 엄마와 갔기 때문에 가족증명서를 낼 수 없었다. 그때 새초롬한 당직 의사는 '안 되는데' 하는 표정을 지으며 마음대로 나갈 일은 없겠죠, 어쩔 수 없죠, 말했다.

오후가 되어서야 주치의 선생님이 응급실에서 올라 오셨다. 주치의 선생님은 최소 2주 정도는 채우고 생각해봐야 할 거라 몇 번 말씀하셨다. 나는 더욱이 삶의 패턴이 가장 중요한 조울증이었는데, 패턴이 없어 그곳에서 패턴을 잡고 가라고 설득하셨다. 하지만 그날은 정말 화가 많이 났다. 나는 주치의 선생님께 "제가 여기가 병원이고 다 아픈 사람들이라 가만히 있는 거지 밖에서 봤으면 욕하고 싸웠을 거예요. 지하철 같은 데서 봤다면" 말했다. 한참을 떼썼다.

주치의 선생님은 어쩔 수 없다는 듯 나가게 해주겠다 말했다. 외래 진료를 잘 보러 오겠다는 약속을 했다. 한 시간 정도 지나 여러 확인서와 각서에 서명을 했다. 법적으로도 나는 보호자 동의 없이 나갈 수 있어서 말릴 수 없다는 사실도 한 번 더 말씀해주셨다. 각서는 치료를 제대로 받지 않고 조기 퇴원을 했을 때 생길 수 있는 문제, 자해나 자살 같은 일에 병원은 책임이 없다는 각서였다. 서명을 할 때, 나가서 죽을 수도 있겠다는 생각을 조금 했다.

그렇게 다시 나오게 되었다.

나갈 준비를 했다

아침 일찍부터 나갈 생각을 하고 있었기 때문에, 여기 저기 친했던 사람들에게 말했다. 할머니나 아주머니들께 도 "저 오늘 나갈 수도 있어요" 말했다. 지난날 엄마가 사 다 준 과일이나 유제품들이 많아서 그걸 나눠주기 시작 했다. 대추 토마토는 통째로 할머니께 이따 아주머니가 오시면 함께 먹으라고 드렸는데 계속 미안해하셨다. 들고 가라고, 아니면 지금 먹자고 하셨다. 나는 외출을 나간 아 주머니께 얻어 먹은 게 많아 꼭 드리고 싶으니까, 그런데 못 드리니까 함께 드시라고 했다.

아저씨들과 아주머니들, 언니와 알고 지낸 사람들에게 과일을 조금씩 드렸다. 언니한테는 『피프티 피플』과 치약 을 주고, 2인실 아주머니께는 수건과 과자를 드렸다. 스 도쿠나 슬리퍼 같은 것들은 병동에 드렸다. 대부분 가지 고 있던 걸 다 줬다.

보호자가 있어야 했다

옷과 신발을 포함한 모든 소지품을 보호자에게 돌려보내기 때문에 보호자가 와야 퇴원할 수 있었다. 하지만 동생이 계속 전화를 안 받았다. 이 또한 예상한 일이긴 했다. 동생에게 믿음이 없다. 아니, 안 올 거라는 믿음이 있다. 나는 동생에게 계속해서 전화를 하고 엄마한테도 전화를 해보라고 했다.

열몇 통쯤 했을까, 동생이 받았다. 동생은 귀찮다는 듯, "오늘? 오늘 꼭 나와야 하나? 나 오늘 약속 있는데?" 말했다. 나는 서운해서 정말 울 것만 같았다. 내 지갑에 있는 내 카드로 택시를 타고 옷만 가져다주고 택시를 타고 가라고 했다. 그렇게 동생은 택시로 10분 거리를 두 시간이 지나도록 오지 않았다.

그동안 나는 스테이션에서 계속 동생을 기다렸는데, 중학생 때 비가 오는 날 먼저 하교한 동생에게 우산을 가져다달라 기다릴 때 이후로 동생을 이렇게 애타게 기다려본 적 없다 생각했다. 동생에게 많이 서운했지만 동생이 온다면 어쨌거나 고마운 일이니 생각난 옛날 이야기를 농담처럼 이렇게 말해야겠다 생각했다.

스테이션에서 기다렸다

스테이션에서 멋진 보호사님이 바깥에서 사람들이 누르는 벨에 대답을 하셨다. 사실 보호사님을 못 보게 되어 조금 아쉬웠다. 나는 그 앞에 서서 덜떨어진 사람처럼 괜히 "우리 동생이에요?" 묻고 보호사님은 "아니에요" 하며 미안해 했다. 나는 언니에게 농담으로 "보호사님을 못 봐서 아쉽네요. 하지만 안 될 거예요. 저는 환자니까요" 말했다. 언니도 농담으로 그럼 더 있으라고 했다.

동생은 세 시간쯤 뒤에서야 옷을 들고 나타났다가, 병원비 처리를 하러 다시 나갔다 왔다. 나는 각서를 쓰고 전화를 하고 서너 시간 만에 나갈 수 있었다.

언니와 마지막 인사를 했다

언니는 내가 나가는 걸 기뻐하면서도 부러워하고 아쉬워했다. 계속, 계속 아쉬워했다. 그래서 내 주변에서 계속 서성였고 나는 나가서 보자고 언니도 곧 나가지 않느냐고 물었다. 타투를 하러 가자고 꼭 연락하라고 말했다. 언니는 그러면 안 되지만 "내 번호 줘도 돼요?" 묻고는 종이에 써서 줬다. 나는 그 종이에서 번호가 적힌 부분만 잘라내고 혹시 몰라 브래지어에 넣었다.

나중에 나갈 때, 사복으로 갈아입을 때, 옷 갈아입는 것마저 간호사가 보는 데에서 갈아입어야 했다. 들어올 때도 그랬다는 사실을 떠올리며 잘한 일이라고 생각했다.

기분이 묘했다

사복으로 갈아입고 거실에 모여 있던, 친해졌던 사람들에게 인사를 했다. 여러 연령대가 모여 있는 수련회 혹은 이상한 집단에 있다가 나가는 기분이었다. 아저씨들은 멀리서 손을 흔들며 몇 마디 보탰고, 할머니나 아주머니들은 가까이 와서 쓰다듬어 주셨고, 언니는 여전히 아쉬워했다.

병원에서 나오던 날 친구들이 많이 찾아왔다

나에게 찾아올 날을 모두가 일요일로 잡았던 것 같다. 하지만 휴대폰도 없이 갑자기 퇴원한 나에게 연락할 방법은 없었다. 어느 서점 사장님은 철문 앞에서 돌아섰다 했고 어떤 친구들은 모여서 오다가, 어떤 독자 분 중 하나도 병원으로 가다가 퇴원 사실을 알았다고 했다.

나가는 것이 확정되고, 주치의 선생님께서 "나가서 술 마시지 마요. 차라리 친구들과 연을 끊어요. 이번에 부질없음을 크게 느끼기도 했잖아요. 그죠?" 말했다. 나는 "맞아요. 사람들이랑 안 보려고요. 부질없네요" 답했지만, 안 그래도 될 것 같았다.

그중에서도 가장 적절한 시간에 와, '가장 친한 친구'라고 자신들을 소개했다는 친구들에게는 간호사님께 바깥 카페에서 한 시간만 기다려달라고 말해달라 했다. 병원 로비로 가니 정말로 '가장 친한 친구들'이라 부를 만한 친구들이 있었다. 내가 말한 분식과 닭강정을 사 왔었다. 벤치에 앉아 먹으며 친구들은 재잘재잘하는 내 병동 얘길 들었다.

많이 고마웠다.

병원에서 나오자마자 간 곳은 문화역 서울이었다. 내가 원래 참여했어야 하는 행사였다. 원래도 사람 많은 곳을 못 다녔지만(공황 발작이 오지는 않았지만 올 것만 같은 기분이었다) 갑자기 사람들이 많은 곳에 가는 일이 무섭기도 했지만 꼭 가야 할 것 같았다.

가서 문 앞부터 아는 서점 사장님을 뵈었다. 나는 아는 사람을 만났다는 사실에 신이 나 "정신 병원에서 지금 나왔어요" 말했다. 그 사장님과는 그리 친하지 않았는데 어쩐지 당황스럽게 만든 것 같았다. 들어가서도 친한 제작자들과 사장님들과 인사를 나누었다. 내가 나온 사실에 놀라기도, 안쓰럽게 보기도, 모르고 있었기도 했다. 나는 아는 사람들한테 "정신 병원에서 탈출했어요" 말했다. 농담처럼 말해야 더 편히 말할 수 있을 것 같았기 때문이다.

그러다가 누군가 "어?" 하고 나에게 다가왔는데, 고향인 대구에서 아는 서점 사장님이었다. 나는 갑자기 눈물이 날 것만 같아서 평소와 달리 갑자기 안겼다. 그렇게 한 시간 반쯤 사람들과 있다 보니 정신이 혼미하고 눈에 또 초점이 맞지 않아져서 택시를 타고 집으로 갔다. 도착하자마자부터 그동안 하지 못했던 일들을 처리했다.

그리고,

술 안 마시면 좋은 점.

스무 살이 넘고 한번도 이렇게 오래 술을 안 마신 적이 없다. 지금껏 안 마신 게 3, 4주이긴 하지만 말이다. 술을 많이 마시게 된 건 아마 '공대'라는 분위기가 큰 것 같다. 아니었어도 많이 마셨을 것 같기도 하지만, 항상 취할 때까지 죽어라 마신 건 남자인 친구들만큼 마실 수 있다는 걸 보여주고 싶어서였던 것 같다. 핑계다.

어찌 되었든, 알코올 중독도 큰 이유 중 하나였으니 술을 안 마시면 좋은 점에 대해 말하려 한다.

먼저 시간이 남는다. 병동에 가기 전에는 낮부터 취해 있었지만 평소에는 10시부터 취해서 새벽까지 마시고 아침에도 늦게 일어나니 꽤 많은 시간이 술을 마시는 데에 들었다.

두 번째로는 돈이 남는다. 술값이 하루에 적게 마셔도 3, 4만 원씩 들고 사면 10만 원씩 드니까 모으면 꽤 큰 돈이다. 돈이 남아서 외래로 병원에 갔다가 창밖으로 보던 아울렛에서 옷도 좀 샀다. 하루치 술 값이었는데 꽤 괜찮은 옷을 사서 만족스러웠다. 그리고 무엇보다도 건강한 느낌이 든다. 마지막으로 술을 마실 때에는 간이 "제발 죽여줘!" 말하는 것 같았다. 몸도 몸이지만 정신이 건강한 것 같은 느낌이다.

당연하게 술을 마셨다

외래로 교수님을 뵀는데 자꾸 "일을 하는데 마시던 사람이 아예 안 마실 수 없으니까" 해서 "전 진짜 안 마실 수 있을 것 같은데요? 얼마 전에도 술자리에 따라가서 사이다 마셨어요." 답했다. "그날은 운이 좋았네요" 답하셨다. 무언가에 중독이 된다는 것은 사람의 기본적인 욕구와 같아진다고 하셨다. '밥을 먹고 싶다' 처럼 '술을 마시고 싶다'라는 생각이 드는 건데, 정말이지 돌이켜보면 밥은 안 먹어도 너무 당연하게 술을 마셨던 것 같다. 이유가 없었다. 요즘도 밥을 안 먹으면 허전한 것처럼 밤에 술을 안 마시면 허전한 기분이 든다. 무얼 해야 할지, 안 취하고 잘 수 있는지 잘 모르겠다.

약을 받으러 병원에 갔다

외래 진료를 기다리는 동안 밖에서 담배를 태우는데 익숙한 얼굴들이 보였다. 내가 여기 알던 사람이 있었나, 하는 순간 자세히 보니 의대 실습생들이었다. 나는 반갑게 인사를 했다. 실습생들도 왜 여기 있냐고, 퇴원했냐고 물으며 반갑게 인사했다. 가운이 아니라서 잘 못 알아봤던 거였다. 그 친구들도 환자복이 아닌 사복을 입은 내가 좀 달라 보였을까.

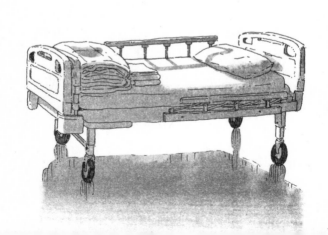

지금,

다녀오고 지금의 상태는, 나쁘지 않다. 언제 다시 가라 앉을지모르긴 하지만 지금은 괜찮다. 가서 한 '광치료' 덕인지, 다른 사람들과 지내서 그런지, 열흘이었지만 나름대로 낮에 깨어 있게 되었다. 문제의 심각성도 크게 느껴 술도 안 마시고 있고 외래로 가서 탄 약도 잘 먹고 있다.

심지어 상태는 극조증인 것 같다. 이렇게까지 조증이 심하게 온 적은 없는 것 같다. 가만히 있지를 못하고 또 일을 벌이고 다닌다. 랩탑을 전해 받자마자 이 원고를 옮기고 다듬기 시작했다. 폐쇄병동 독립출판물의 내지 반 이상과 표지를 나온 지 일주일 만에 만들고, 이전에 만든 책의 배송과 입고까지 끝내면서도 많이 돌아다닌다. 밥을 안 먹어도 괜찮고 서너 시간을 자고 한참을 돌아 다녀도 피곤하지 않다.

내가 무슨 작업을 하는지 아는 사람들도 아닌 사람들도, 아직까지는 사람들이 내가 정신 병원에 다녀왔다고 말했을 때 이상하게 보진 않는다. 아마 이건 나와 친하게 지내는 사람들이 창작자들이나 자영업자들이 대부분이라 그럴지도 모른다. 그래도 되레 걱정해주는 사람들이 더 많다.

폐쇄병동이라는 곳

여전히 사람들은 내게 '요즘은 괜찮냐' 묻는다. 언젠가부터는 있는 그대로 말하게 되었다. 괜찮지 않다고, 여전히 도로 앞에서 뛰어들고 싶고, 바깥에 나가는 일이 두렵다고 말할 수 있게 되었다.

처음 병동에 들어갈 때에는 약 기운 때문인지 정신을 차리지 못했다. 그곳에 가자마자 잠들었고 깨자마자 간호사에게 종이와 펜을 빌렸다. 다음 날에는 공책을 한 권 샀고, 그곳에서의 일들과 생각에 대해 매일 썼다.

병동 안에서 이것이 책이 될 수 있을까 생각해보았다. 어려울 거라 생각했다 .투박하고 맥락도 없는 글들이었고, 가벼운 우울이 아닌 '폐쇄병동'에 대해서는 아무도 관심 없을 거라 생각했다. 게다가 이미 우울증에 대한 책을 만들고 있었고, 한편으로는 내가 우울증이 아닌 병동에 대해 이야기한다면 더 이상 아무도 나를 믿거나 일을 주지 않거나 사랑하지 않을 수 있을지도 모른다 생각했다.

그래도 책을 만들어야겠다 생각한 이유는, 누군가는 이런 책이 필요하지 않을까 싶었기 때문이다. 팔리지 않는대도 꼭 필요한 사람들에게 읽혔으면 했다. 병동에서 나올 때에는 조증이 심했다. 하루에 두어 시간을 자면서 공책의 메모들을 옮기고 디자인하며 책을 만들었다. 200부 정도를 뽑으려던 책은 2,000부가 되었고, 새로운 출판사에서 나오게 되었다.

책을 내고 얼마 후, EBS에서 우울증에 대해 이야기하는 사람들에 관한 다큐멘터리에 출연할 수 있냐는 제안을 받았다. 책만으로도 앞으로의 일들에 꽤 걱정이 많았는데, TV에 나와 병동에 대해 이야기할 자신이 없었다.

그럼에도 그러겠다 한 것은, 만약 내가 그런 차별이 두려워 하지 않겠다 말하는 일은 그런 책을 만드는 일에 반하는 일이라 생각했기 때문이었다.

그 여름 전에는 어느 누구도 내게 폐쇄병동에 다녀왔다는 말을 하지 않았다. 책을 만든 이후로 몇몇 사람들이 그런 자신의 이야기를 내게 전했고, 고맙다는 말을 전했다. 많은 사람들이 여러 매체의 댓글로, 메시지로, 행사의 나를 찾아와 말로 응원의 말을 전했다. 한 분 한 분 이야기를 써 내려가기엔 헤아리기 어려울 정도로 내가 걱정했던 것과는 다른 사람들의 반응이었다.

여전히 사람들은 내게 '요즘은 괜찮냐' 묻는다. 언젠가부터는 있는 그대로 말하게 되었다. 괜찮지 않다고, 여전히 도로 앞에서 뛰어들고 싶고, 바깥에 나가는 일이 두렵다고 말할 수 있게 되었다. 때로 이런 이야기들이 상대를 당황스럽고 힘들게 할 수 있다는 생각을 한다. 하지만 누구도 내가 이런 사람이라 미워하지 않는다는 사실을 이제는 안다. 아니, 그래서 나를 미워한다면 언제든 떠나도 된다고 말할 수 있게 되었다.

아무것도 아닌 내게 여러 메시지를 보내주는 독자 분들께 늘 고맙다 말하고 싶다.

2016년 가을, 우울증을 겪은 사람들의 이야기들을 모았습니다. 그 이야기들은 『아무것도 할 수 있는』이라는 제목의 우울증 수기집이 되었습니다.

더이상 '우울'이라는 단어로 무언가를 만들거나 활동을 하고 싶지 않았습니다. 정신과적인 병을 '판매'한다는 생각을 누군가가 하지 않을까, 혹은 제가 제작하는 책의 방향이 쭉 이렇게 되는 것이 아닐까 걱정스러웠기 때문입니다. 그럼에도 이런 주제의 책을 만드는 까닭은, '폐쇄병동'에 관한 이야기도 이야기되어야 한다는 생각했기 때문입니다.

제목인 'F/25'는 폐쇄 병동에서 항상 팔목에 차고 있던 팔찌에 이름과 함께 적힌 정보, '여성(Female), 만 스물다섯 살'이라는 뜻입니다. 병동에서 밥을 먹고 난 후 30분 정도 바깥에 나갈 수 있는 시간이 있었습니다. 그 시간에 어느 최신 곡이 나올 때, 그제서야 "내가 아직 어리구나" 생각하며 팔찌의 나이를 보던 일기에서 따 왔습니다.

또한, 폐쇄병동으로의 '휴가'인 이유는 그곳에서의 얼마간의 생활이 개인적으로는 '쉬러', 또 정신적으로 쉬러 갔다는 생각이 들었기 때문입니다. '폐쇄' 병동이긴 하나, 일부에서 생각하듯 '격리'와는 거리가 멀다고 생각합니다.

제가 폐쇄병동에 가게된 이유는 원래 가지고 있던 조울증에 알코올 중독 때문이었습니다. 술에 쭉 취해 있으면서도, 술에 취하면 죽음에 대한 생각이 끊임없이 들었습니다. 그렇게 찾아간 의원에서 큰 병원으로 옮겨졌습니다. 이 책은 술을 마실 때부터의 기록, 병원을 찾아다니던 때의 기록, 그리고 폐쇄병동에서의 시간, 다녀와서의 얼마간의 기록을 담았습니다.

이야기되지 않는 이 이야기에 먼저 용기를 내어, 또 다른 이들이 조금 더 편해질 수 있으면 좋겠습니다.

나가며

처음 의원과 병동을 찾아 다닐 때, 의원은 몇 달간 예약이 밀려 있었고 병동은 대부분 가득 차 있었다. 아픈 사람들이 주변에 그렇게 많은데, 여전히 우리는 정신과적으로 문제가 있다는 사실을 말하지 않는다.

정신과 진료를 받는다는 사실은 꽤 이야기하게 되었다 해도, "나 폐쇄 병동에 다녀 왔어." 말하는 사람을 나는 본적이 없었다. 아주 말해서는 안 되는 비밀처럼, 두 명에게 들은 적은 있다. 짧게는 2주, 길게는 몇 달 동안 사회와 완전히 격리되어 있어야 하는 폐쇄병동의 특성상, 주변 사람들에게 말할 수밖에 없다.

짧지만 다녀와서 느낀 점은 폐쇄 병동은 '격리' 병동이라기보다는 그 불리는 이름처럼 '안정' 병동에 가깝다. 정신과적 치료를 할 때 꼭 필요한 장소라고 생각했다. 나는 자살 기도자도 심각한 우울증 환자도 아니었지만, 내가 가졌던 조울증과 알코올 중독과 마찬가지로 이런 문제들을 인식하고 고치는 데에 최적은 아니더라도 최선의 장소였다.

그런데 이 병동에 대한 인식 때문에 자살 기도를 하고도 들어가지 않거나 못하는 사람들이 있다고도 한다. 그래서 이전의 책이 사람들이 '우울증'에 대해서 이해하고 말할 수 있었으면 좋겠다고 생각했던 것처럼, 이 책이 '폐쇄병동'에 대한 조금의 경험을 함께 하면 좋겠다.

우울증에 대한 작업을 했다는 사실은 행운이었다. 그 전에도 나를 걱정해주는 사람들이 많았고, 폐쇄 병동에 간다고 했을 때 그렇게까지 놀라지도 않았고, 되려 그 기록을 책으로 만든다고 했을 때 "괜찮은 거야?" 하며 놀랐다. 언제나 감사한 사람들에게 감사하다고 말하며 마친다.

2018년 6월,
김현경

걱정하고 응원해준 모든 친구들과 지인들에게,

병동에서 함께 지내며 챙겨주신 분들께,

작은 꽃처럼 떨고 있는,

이상하리만치 차분한 눈을 가진 사람들에게,